主　编：陈　恒

光启文库

光启随笔

光启随笔　光启讲坛　光启学术　光启读本
光启通识　光启译丛　光启口述　光启青年

主　编：陈　恒
学术支持：上海师范大学光启国际学者中心
策划统筹：鲍静静
责任编辑：齐凤楠

人来人往

金圣华 著

商务印书馆
The Commercial Press

图书在版编目（CIP）数据

人来人往 / 金圣华著. — 北京：商务印书馆，2024. —（光启文库）. — ISBN 978-7-100-24370-4

Ⅰ. I267

中国国家版本馆CIP数据核字第20243DC558号

权利保留，侵权必究。

人 来 人 往

金圣华 著

商 务 印 书 馆 出 版
（北京王府井大街36号 邮政编码 100710）
商 务 印 书 馆 发 行
山 东 临 沂 新 华 印 刷 物 流
集 团 有 限 责 任 公 司 印 刷
ISBN 978-7-100-24370-4

2024年11月第1版	开本 889×1194 1/32
2024年11月第1次印刷	印张 7¾

定价：65.00元

出版前言

梁启超在《清代学术概论》中认为,"自明徐光启、李之藻等广译算学、天文、水利诸书,为欧籍入中国之始,前清学术,颇蒙其影响"。梁任公把以徐光启(1562—1633)为代表追求"西学"的学术思潮,看作中国近代思想的开端。自徐光启以降数代学人,立足中华文化,承续学术传统,致力中西交流,展开文明互鉴,在江南地区开创出海纳百川的新局面,也遥遥开启了上海作为近现代东西交流、学术出版的中心地位。有鉴于此,我们秉承徐光启的精神遗产,发扬其经世致用、开放交流的学术理念,创设"光启文库"。

文库分光启随笔、光启学术、光启通识、光启讲坛、光启读本、光启译丛、光启口述、光启青年等系列。文库致力于构筑优秀学术人才集聚的高地、思想自由交流碰撞的平台,展示当代学术研究的成果,大力引介国外学术精品。如此,我们既可在自身文化中汲取养分,又能以高水准的海外成果丰富中华文化的内涵。

文库推重"经世致用",即注重文化的学术性和实用性,既促进学术价值的彰显,又推动现实关怀的呈现。文库以学术为第一要义,所选著作务求思想深刻、视角新颖、学养深厚;同时也注重实用,收录学术性与普及性皆佳、研究性与教学性兼顾、传承性与创新性俱备的优秀著作。以此,关注并回应重要时代议题与思想命题,推动中华文化的创造性转化与创新性发展,在与国外学术的交流对话中,努力打造和呈现具有中国特色的价值观念、思想文化及话语体系，为夯实文化软实力的根基贡献绵薄之力。

文库推动"东西交流"，即注重文化的引入与输出，促进双向的碰撞与沟通，既借鉴西方文化，也传播中国声音，并希冀在交流中催生更绚烂的精神成果。文库着力收录西方古今智慧经典和学术前沿成果，推动其在国内的译介与出版；同时也致力收录汉语世界优秀专著，促进其影响力的提升，发挥更大的文化效用；此外，还将整理汇编海内外学者具有学术性、思想性的随笔、讲演、访谈等，建构思想操练和精神对话的空间。

我们深知，无论是推动文化的经世致用，还是促进思想的东西交流，本文库所能贡献的仅为涓埃之力。但若能成为一脉细流，汇入中华文化发展与复兴的时代潮流，便正是秉承光启精神，不负历史使命之职。

文库创建伊始，事务千头万绪，未来也任重道远。本文库涵盖文学、历史、哲学、艺术、宗教、民俗等诸多人文学科，需要不同学科背景的学者通力合作。本文库综合著、译、编于一体，也需要多方助力协调。总之，文库的顺利推进绝非仅靠一己之力所能达成，实需相关机构、学者的鼎力襄助。谨此就教于大方之家，并致诚挚谢意。

清代学者阮元曾高度评价徐光启的贡献，"自利玛窦东来，得其天文数学之传者，光启为最深。……近今言甄明西学者，必称光启"。追慕先贤，知往鉴今，希望通过"光启文库"的工作，搭建东西文化会通的坚实平台，矗起当代中国学术高原的瞩目高峰，以学术的方式阐释中国、理解世界，让阅读与思索弥漫于我们的精神家园。

上海师范大学光启国际学者中心
2020年3月

为霞尚满天
——金圣华著《人来人往》序

一

认识金圣华教授已经半个世纪了。1977年我出任香港中文大学新亚书院院长,金圣华是书院"校园生活及文化委员会"的灵魂人物。新亚八年院长任期中,我们成为相知相识的同事。院中同仁多以"大金""小金"称呼我与圣华,我们彼此则以"本家"互称。那时,我刚过"不惑之年","小金"小我几岁,风华正茂,娇柔优雅,妻元祯一直以"娇滴滴"称她而不名。1985年离任院长,回到本职的社会学系。在中大三十四年中,我夫妇与圣华和她夫婿Alan一直有来有往,可说是通家之好。2004年我自中大退休,我与本家见面虽少了许多,但我每月在《明报月刊》总看到她的专栏,看完就交给妻分享,元祯总不忘赞"她写得很美"。80年代后,金圣华在翻译专业上,又出书,又演讲,又举办国际学术研讨会,成就卓越,声名日盛,1987年《牛津高阶双语词典》的序文,就是请金圣华、余光中、陆谷孙三位撰写的。1991年金圣华更当选为"香港翻译学会会长"。当看到她译的《傅雷家书》时,我脱口说"圣手译华章",圣华已是译坛"圣"手,她译的文字也成为篇篇"华"章了。近二十年来,为林青霞视作文学"缪司"的金圣华,除了铸刻翻译的华章,更撰写金雕玉琢的散文,翻译与散文是金圣华的文学双璧。圣华的散文不只精,而且多,这些年来,我曾先后为她其中三本散文集题签,即《打开一扇门》(1995)、《友缘·有缘》(2010)与《树有千千花》(2016),我禁不住暗赞圣华笔耕的勤奋。2022年,圣华赠我《谈心——与林青霞一起走过的十八年》,一见惊艳。此书所展现的是金圣华陪伴、见证一代巨星林青霞从影坛向文坛半个成功转身的绚烂画卷。《谈心》问世不及一年,2023年6月圣华又交来厚厚一大叠以《人来人往》为名的书稿。这是本家第一次开口要我写序,我自然是欣然应命。

二

《人来人往》共33篇文字,分为三辑,每辑有个主题。

第一辑"写他人",是圣华写她文艺生涯中所结缘的人与事,她写林青霞、白先勇、宋淇、杨宪益、莫言、李景端、徐俊等,在她生花之笔下,每一篇都是一个文艺世界有光有热的故事。

第二辑"说自己",我们看到了圣华的私己世界,她用最有温度的笔法写出了她的三代亲情。此辑写的有:母亲手温的拐杖;老父送给他老妻亲绘的一束红玫瑰;夫婿Alan温良恭俭让的"忘我";女儿的体贴与善良;儿子有一个"老是笑脸迎人的面庞";还有经年参商万里相隔却感常在身边的大哥。圣华经历过家人的生离死别,但她一辈子都沐浴在温馨的亲情中。

在这一辑中,抚今思昔,圣华的彩笔亦让我们见到她浓浓诗情的少女岁月，看到她青春时代的喜与爱、乐与怒。圣华不悲秋，不伤春，在回顾青葱华年的时刻，总是声气风发地说，"珍惜今朝"！

第三辑"思故友"，这一辑写的是圣华对逝去友人的追思。《一斛晶莹念诗翁》写的是大诗人余光中，《将人心深处的悲怆化为音符》写的是钢琴家傅聪；《淡泊自甘的"傅译传人"》写的是傅雷的入室弟子罗新璋；《当时明月在》写的是至交大才女林文月。圣华是香港中文大学的荣誉博士、院士写赞词的特聘撰稿人，她总是在不失"真"的底线上，以最恰当的文学语言写出各个"主人翁"的大德大美。且看她以《万古长青忆神农》写"杂交水稻之父"袁隆平；以《为人不忘"悟圣"，处事乐闻"和声"》写中大和声书院创立人李和声，真是善颂善祷！

三

通读了《人来人往》三辑33篇的散文，这是一次愉悦的阅读经验，我有很多的"读后感"，在这里，我乐于与读者分享我三点感受。

第一点，这本散文集，最能显示金圣华对生活的热情，有时还可以听到她对生命的冷静解读。

金圣华是看"透"人生，但不是看"破"人生，所以她能直面人生，坦然豁达，她是生命的勇者。

第二点，这本散文集最多见到金圣华礼赞人间的"善"与"美"。金圣华的爱美是朋友圈中的共见。圣华的爱美是天生的，但也是受她至爱的父亲启发的。她说："老爸自己爱美，对身边至爱的女儿，当然更要灌输美的教育，维护美的尊严了。"她的父亲有个信念，"人类应走在'向上'和'向善'的路上，而电影就是'导上'

和'导善'最有效的工具",这是为什么她的父亲会不惜工本,"烧钞票"来拍摄《孔夫子》这部已成经典的电影。在此,我要指出,根据《说文解字》,美与善原本是同义字,美就是"好",好就是"善",善也就是"美"。圣华忆起她老爸时说,"他那对美对善追求不懈的生命力!因为他,我学会了感恩,对于日常生活中每一桩平凡而美好的事物,心存感激;因为他,我学会了赞美"。

就我对圣华书写的认识,圣华的文章是以善与美为"文心"的。圣华不只讲美、讲善,她更能"发现"、"发掘"美与善。圣华写的人物,她的赞美是充满真挚之情的。赞美是一件美德,赞美更是一种艺术,圣华把赞美的艺术发挥到了一个境界。

第三点,好的散文,必然是美文。金圣华的散文素有美文之称。她散文之所以为美,以我看,除了"美"与"善"是她的"文心"之外,更因为她有出色的"雕龙"本事。圣华对中国文字(文与字)的美是十分着紧和敏感的,像余光中一样,她是一个忠诚的中文守护者,她很见不得"五四"以来中文的欧化;说来很妙,圣华之所以能守护中文的纯洁性,正与她必须与外文(英、法)打交道的翻译专业有关。80年代,圣华在巴黎大学完成博士学位后,又有《傅雷与他的世界》问世,并承傅雷之子傅聪及其弟傅敏之重托,翻译了《傅雷家书》(十七封英文信和六封法文信)。圣华在《傅雷家书》的翻译上淋淋漓漓地展露了专业的学养与才华。1990年4月18日,为金圣华指点译途的"领航人",也是傅雷的知己宋淇先生给圣华的信中说:"读到《傅雷家书》第三版,内有大作:'译注《傅雷家书》的一些体会',不禁佩服得五体投地。你现在的眼光和手法远超过高级翻译,是任高级翻译的导师而有余……将sweetness译为'甜腻'是神来之笔,把automatic译为'得心应手',好得不能再好。我试掩卷默

思，自承未必一时想得出，或许一直想不出来。"（见《润物无声忆隆情》）

这些话出自一生与文字为伍的文艺高士宋淇之口，不能不说圣华的译笔岂只"了得"而已。傅聪，一位把中国文字看得像琴符一样庄严的琴圣，看到圣华翻译父亲傅雷给他的法、英文的家书时，对着圣华说："你翻译的家书，我看起来，分不出哪些是原文，哪些是译文。"金圣华说，"他的这句话，是我这辈子从事翻译工作所得最大的鼓励"（见《将人心深处的悲怆化为音符》）。诚然，傅聪的赞语，不啻是说圣华的翻译已达到钱锺书所说的"入于化境"，也即已至"文学翻译的最高理想了"（参看郑延国《钱锺书翻译理论与实践》，香港：文思出版社，2023年，第49页）。

四

为了写序，我用了好几个日夜，通读了《人来人往》33篇散文。在《人来人往》里，圣华忆述一生几个阶段的岁月，她在自序中说："这本书记录的，就是在生命的旅途上、生活的列车中，我所遇见的人与事。"

看了她的书，我们登上了她的生活列车，也参加了她的生命之旅，在大半个世纪里，圣华在生活列车上邂逅的人来人往何止万千？但她笔下一一忆写的则是她"生命意义的网络"中一个个眉目清晰的人物（对了，圣华也生动地描写了她自己）。我发现《人来人往》33篇文字，大多是2018年至2023年间写的，即是说，都是圣华进入桑榆之年后的作品，这使我对圣华不能不产生由衷敬意。我与她相识于20世纪70年代，当年刚过"不惑"之龄的"大金"的我，如今已经是八十八岁"望九"之龄的"金老"。但不可思议的是,当年的"小金",看她的人,依然是优雅亭立,风华无减,见到她与大美人林青霞合影近照,妻赞美曰"像一对美丽的好姐妹";看圣华的文,柔中带刚,仍然充盈着生命的热和光。岁月如水,不舍昼夜,但在圣华身上,看到的不是"老去",而是"成长"。昔日年轻的老师,如今已是祖母级的资深教授。圣华的"副业"文学散文,树色青青,也已成为亭亭如盖的大树。

今天,圣华的生命之旅,又到了新的一站。虽然已是桑榆之晚,惟彤彤的一片彩霞,布满天际,看不见半点暮色的惆怅。我不由得要用唐代诗豪刘禹锡的著名诗句"莫道桑榆晚,为霞尚满天"赠给本家,是为序。

金耀基

2023年8月8日

自　序

1949年9月5日，我离开出生地上海，随妈妈、娘娘（祖母）、四爹（四叔）一起上路，经天津辗转赴台，跟早已在那里工作的爸爸会合。那时懵懵懂懂，根本不知道时代变迁，此去经年，再返回故里，已经是悠悠三十载后的事情了。

从上海出发，要先坐四小时火车去南京，然后摆渡到浦口，再坐津浦路到天津，在天津乘船，经香港再前往台湾。那是我第一次坐长途火车，一路上，只觉得路遥遥而人茫茫，仿佛一直走不到尽头。当年幼小的自己，虽然面对四周的一切感到新鲜好奇，然而心底却已泛起丝丝莫名的离愁——想念熟悉的环境，想念留在家里的哥哥，想念窗前的碧茵屋后的树……

此行路途迂回而曲折，回想起来，那时妈妈一个弱质女子，扶老携幼，万里投亲，真不知道她是怎么挺过来的。只是当年的我，少不更事，妈妈的艰辛奔波一点都记不起，只记得火车上人头涌涌，众声喧哗，列车沿途一站站地停，停站时小贩一拥而上，叫卖食物杂货，有一种烧鸡特别好吃，味道甘香，至今难忘。车厢中，有人上有人下，人来人往，川流不息，然后，又在隆隆车声中，各自奔向不同的前程了。

长大后，从台湾搬迁到香港，在此接受中学和大专教育，接着成家立业，生儿育女。也曾到过美加欧洲进修、纽澳亚非遨游，行履遍及大江南北、五湖四海，然而，真正安身立命的场所，却是我驻足超越半个世纪的母校香港中文大学。从学生年代到执教时期，眼看着背山面海的校址，从草创阶段发展到高楼林立，我追随着中大的足迹，亦步亦趋，在此成长，在此拓展，在此迈上漫漫人生路。

每次上学或上班，从中大的前身崇基学院开始，都是搭乘火车往返的。在没有电气火车的日子，设备简陋的旧车，在铁路上摇摇晃晃，一路汽笛长鸣，穿山越洞而驰，路旁一边绿田伸展，一边碧波荡漾，倒也别有风味。那时候，列车上挤满了窗友或同侪，大家都青春年少，心中怀着一个浪漫的梦，期望着有一天能施展抱负，仗剑走天涯！

多少年过去了，如今的列车，风驰电掣，速度惊人，在急剧的节奏中，车站更加熙熙攘攘，车上更加人来人往，不知众人心中是否怀着更加缤纷的梦？

生命，是一列火车，从启程到终点，要经历遥远的路程，此中有高山，有低谷；有大城，有小镇；有辽阔的草原，有狭隘的关卡，甚至还有黑黝黝的漫长隧道。

每到一站，都有人上车下车，来也匆匆，去也匆匆。

这本书记录的，就是在生命的旅途上、生活的列车中，我所遇见的人与事。人生如羁旅，你我皆过客，大千世界，芸芸众生，那么多来往的人群之中，为什么我会邂逅他或她？邂逅了，又留下什么难忘的片刻、铭心的交汇？

都说，从出世的那一刻起，我们由父母带领，协同踏上生命的列车,尽管周围嘈杂,我们仍能坐看人潮,好整以暇,因为有椿萱依傍,世界在面前踏步迈进,或碎步走过,我们都不孤单。然后,到了某一站,他们抵达终点了,不得不打开车门,挥手握别而去。

接着,火车前行,人来人往,我们又遇上了形形色色的他乡客,在孤独的旅程中,纵使萍水相逢,却也会找到志同道合的知音,共度温馨怡情的片刻。多少次,在火车停站的时刻,我们曾经携手共游,到站旁的草原上去闲眺,去采撷,直至采得满怀芬芳,才尽兴而返。火车再次启动,有的朋友提前退场,然而他们的音容笑貌,他们的温言细语,却萦绕脑际长相忆,常驻心中永难忘。有的朋友却留下相伴,我们日日相依,夜夜谈心,在晨曦夕照中,言笑晏晏,共赏窗外的景色,闲看风云的变幻。

这本书所收录的,大多是2018年以来发表在各种报章刊物(其中以《明报月刊》为主)上的散文,涉及文艺漫笔、暖心亲情、生活点滴、往昔岁月等范畴,主要分为写他人、说自己、思故友三类,记述熙来攘往的生命之旅中,值得追忆的人与事,愿以此与长长列车、迢迢旅途上往返的朋友共享之。

金圣华
2023年6月22日

目录

写他人

从白衬衫到博士袍
  ——记林青霞荣获香港大学名誉社会科学博士学位　　3
"白牡丹"的香港情缘　　11
润物无声忆隆情　　21
缘，原来是圆的　　31
等到了，终于等到了
  ——记浙江大学中华译学馆的成立　　35
芬顿英文《赵氏孤儿》中译的缘起　　39
读杨老，忆小杨　　44
还有热情还有火
  ——李景端《翻译选择与翻译传播》读后　　51
闪闪金光的背后　　56
青春版《牡丹亭》永葆青春　　61
两个讲故事的人
  ——莫言、青霞会晤记　　67

说自己

相识年少时	75
从绿衣黑裙到红带蓝裙	
——追忆培正的岁月	81
在那往昔的岁月	
——记早年崇基生活的浓浓诗情	86
这个人是谁	92
在救世军宿舍的日子	98
拐　杖	106
父亲节念父亲	
——记我那无可救药唯美浪漫派老爸	110
夏日最后的玫瑰	117
与女儿同游	122
我家男儿郎	126
大　哥	132
心波中的柔草	138

思故友

爱美的赤子	
——怀念永远的乔志高	145
翩翩紫蝶迎春归	
——怀念诗人布迈恪教授	154

"经受折磨,就叫锻炼"
　　——怀念杨绛先生　　　　　　　　165
一斛晶莹念诗翁　　　　　　　　　　171
将人心深处的悲怆化为音符
　　——怀念钢琴诗人傅聪　　　　　176
万古长青忆神农　　　　　　　　　　188
怀念罗新璋
　　——淡泊自甘的"傅译传人"　　193
为人不忘"悟圣",处事乐闻"和声"
　　——怀念李和声先生　　　　　　199
当时明月在
　　——怀念林文月教授　　　　　　206
直到生命最后亦永不过气
　　——怀念齐邦媛教授　　　　　　216

写他人

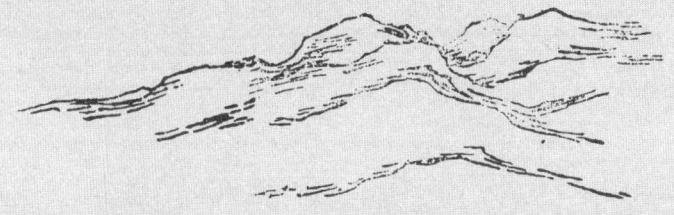

从白衬衫到博士袍
——记林青霞荣获香港大学名誉社会科学博士学位

2023年4月3日,下午五时半过后,香港大学百年传承的陆佑堂中,音乐响起,一列身披礼袍的教授学者与名誉博士领受人,在高耸巍峨的拱顶下、庄严肃穆的气氛中鱼贯进场,慢慢前行,缓缓踏步,走上铺着红色地毯的梯阶,在台上分列左右,依次入座。

久违了,这样富有学术气氛的场面!三年来,因为新冠肆虐的关系,多少大型的活动不幸延误,多少精彩的节目遭受停摆,这一次,能够亲身经历好友林青霞荣获香港大学颁发名誉社会科学博士学位的重要时刻,除了欣喜激动,竟然还有一种似真似幻的感觉!从最初得知喜讯并与之同乐开始,到官宣之前守口如瓶的数百个日子,曾经跟她一起暗暗兴奋着,悄悄叨念着,静静倒数着,殷殷期盼着,如今这一天,终于来到了眼前。施南生和我坐在台下第一排靠左(感谢青霞的悉心安排),望着台上第一排最左边的青霞，我们近距相对，眼神交流，心有默契。她在台上微微含笑，那么神采飞扬，华光四射！我们在台下满怀感恩，读懂了她的微笑，读懂了她的内心。

讲台上，港大的黄心村教授正在为各位名誉博士领受者宣读赞词。由于第二零七届典礼受8号台风影响，延期至今，与第二零九届一并举行，因此，是次大典非同凡响，共有七位杰出人士同台接受殊荣，包括四位名誉科学博士——朱隶文教授、Jack Dangermond博士、John L. Hennessy教授、杨振宁教授，以及三位名誉社会科学博士Carol M. Black女爵士、林高演博士，和众所瞩目的林青霞。这一列响当当的名字之中，有两位诺贝尔物理学奖得主，一位环境科学的领航人物，一位电机工程和计算机科学专家，一位医学领域及推广社会福利的翘楚，一位香港商界及慈善机构的知名人士，林青霞能身列其中而并不逊色，实在为她感到无比的荣幸与由衷的喜悦。

黄心村是林青霞行山的同好，自从防疫开始，两人几乎每周都相约一天在山顶相见，并在环山绕行中谈诗论书，研究文学。"刚才行山回来了，很开心，一面走一面聊，很有养分啊！"青霞每次行山完毕后都会如是说。因此，这回香港大学委任比较文学系主任黄心村为大学赞词撰写人，的确让青霞感到深庆得人。在她的心目中，恰似大学容许她将一把开启无比贵重物品的钥匙，交托给值得信任的朋友保管，因此使她觉得妥当安稳，可以放心前行，而无后顾之忧。

"Last but not least"，黄教授在台上以字正腔圆的英语，清脆悦耳的声音,读出依照英文姓氏排列最后一位名誉博士林青霞的赞词。此时,这位华语电影界家喻户晓的天皇巨星,跨越数十载而盛誉不衰的传奇人物,正以最雍容庄重的姿态,端立在台前,身披红绿相间的礼袍,手携黑色金穗的礼帽,嘴角含笑,双眼凝视着远方。那神情,真挚、谦逊、恭谨、虔诚,充满喜悦而略带腼腆。的确,她的演艺事业,傲视群伦,曾经拍摄过百部电影,经历过文艺片、喜剧片、武侠片三个不同的阶段而皆表现优越,卓然有成,然而她从1994年开始,已经淡出影圈,今日的荣誉,意义重大,绝非仅仅局限于她对电影方面的贡献。也许是机缘巧合,也许是天意垂成,青霞平时的穿着,偏向素净淡雅,如今身披的名誉社会科学博士袍,却色彩明丽,艳艳生辉的红,莹莹闪光的绿,红绿相映,恰好象征了她在人生道上努力的方向:曾经在电影界叱咤风云,在红毯上颠倒众生。然而,她清楚知道自己内心的所欲所求,近年来选择了转换跑道,从红毯踏上了绿茵,从此奋勇向前,力求上进,毅然迈向了写作之途的不归路!记得我在拙著《谈心——与林青霞一起走过的十八年》中,曾经以"绿肥红不瘦"一语作为总结,这也恰恰是今时今日身披红绿礼袍的青霞博士的写照!

青霞在台上接受副校监李国宝爵士授予的荣衔,转身,戴上博士帽,向观众深深鞠躬致意,这时候,台下除了如雷掌声,忽然响起了一片震耳的欢呼,这是我历来参加无数次大学学位颁授典礼从未遇过的情况——是大家自然的反应,难抑的感动,因见证了这位自强不息、永不言休的女士,获得了学术界中最高荣誉而发自内心的喝彩！这时候，脑海中不期然浮现出一个17岁年轻女孩的影像，身穿白衣黑裙，睁大了天真无邪的双眸，对生命充满了好奇，东张西望，行走在台北西门町的大街上。是的，因为当年考不上大学，她这辈子最仰慕的是学苑中人，最喜欢的是去课堂学习，"我在老师的画室上课，以前做学生没做够，很喜欢做学生的感觉，每次上课都穿上我的白衬衫"，这是青霞在《画我眼中的你》一文中的剖白。如今，这个常穿白衬衫的女孩，换上了鲜艳夺目的博士袍，傲然挺立在众人眼前，那形象的切换、身份的转变，怎不叫人心为之悸动！回首往昔，这一条曲曲折折的成功路行来不易，而她，无畏无惧、不屈不挠地走了整整50年！

典礼过后，青霞在礼堂的侧室中与来宾合影，并接受众人的祝贺，她笑靥如花，容光焕发，大家都为她兴奋不已，一起沉醉在鲜花芬芳、友爱洋溢的欢声笑语中。当晚七时半，港大在港丽酒店为名誉博士举行晚宴，每位领受人都依次发表演说。青霞的演讲，精简扼要，首先表示能够与六位对世界贡献良多的杰出人士，同获港大名誉博士学位，是自己做梦也想不到的殊荣。接着，她以情真意挚的语调说出了这一番话："我的母亲年轻的时候，因为战争和种种原因，没能完成学业，这是她一生最大的遗憾，所以对博士特别有情意结，现在自己的女儿竟然有一天成了博士，相信她在天国必定感到莫大的欣慰。"不错，当年曾经以为女儿唯有高中毕业，只盼望她将来能嫁个小学老师的母亲，又怎么会想到日后的女儿，竟然这么出色，竟然有如此光宗耀祖的一天？最后，青霞衷心表示，"香港大学是国际知名的高等学府，能够对我有如此的认可，实在是非常非常的荣幸，我必定要奉献出最好的自己，多做些对社会有意义的事。这样才不辜负香港大学对我的期望"。与青霞相交多年，我深信，这位一诺千金、人美心善的朋友，一定会言出必行，以实际行动来兑现她今日许下的承诺。

在席上，我询问坐在身旁的施南生，这天目睹青霞接受殊荣的感觉如何？南生是青霞的知交挚友，她的想法是极为重要的。"争气啊！太争气了！"南生一开口，就忍不住赞叹起来，"认识青霞多少年了，她一结婚就劝她要好好学英文，学计算机，她是可以完全不听的，可以天天耗在麻将桌上啥也不干的"。南生接着说，"我们一起经历了那么多高高低低，起起落落。想当年，她除了拍戏，家里一个字都没有啊！哪里想到会像今天这么上进，这么努力用功、无书不欢呢！"南生又悄悄加了一句，"刚才在礼堂上，她一进场，我的眼泪就忍不住涌出来了！"南生一定庆幸我当时专注着前行的队伍，无暇盯着泪流满面的她瞧，我心里想。

跟青霞相交二十载，亲眼目睹她惊人的进步与蜕变。从初识的羞怯内向，变为目前的积极进取。如今的她，胆大包天，百毒不侵，再也不会因为无聊的流言蜚语而受到伤害。"任何事都不要影响自己的情绪。生气，伤心，都是在浪费生命"，这是她坚信的道理。除此之外，青霞似乎颠覆了孔老夫子"三人行必有我师"的名言，对她来说，应该是"二人行必有我师"，甚至无人时，只要一书在手，她随时随地可以从中吸收精华，有所得益，真正掌握了饶宗颐所传授做学问须"迁想妙得"的要诀。曾经笑她，身为威名远播的"东方不败"，怎么竟然学会了日月神教教主任我行的"吸星大法"，到处吸取源源不绝的知识，天天可以在日常生活的点点滴滴中获得无穷的乐趣和力量！

"一定要保持善心，做个好人！"这是她今时今日敦品励行的守则。年轻时，她以早慧的天聪、绝美的容颜，主演了一百部脍炙人口的好戏；年长时，她以睿智的眼、悲悯的心，来洞悉世情，怜恤苍生，展现出最好的自己。当年的她，给目光锐利的星探发现了，华语影坛上从此出现了一颗耀眼生辉的明星；今日的她，让香港大学赋予明智的肯定，相信她一定会从此更加努力，更求上进！

不久前，在网上看过一个视频，当时年轻貌美的青霞，在《今夜不设防》的电视台节目中，对着主持人黄霑、倪匡、蔡澜谈到容颜外貌时，傲然宣称自己"从头到脚，没有一个地方是假的！"能够以纯然天赋的美颜闯荡江湖，固然得天独厚，然而最不可多得的却是，如今的青霞，已经做到"从里到外，没有一点不是真的"，包括她的待人接物，修身养性；包括她的好学不倦，认真执着。从她对于影迷团爱林泉无私的关怀与爱护，就可以看出端倪。

晚宴过后，林青霞没有选择继续笙歌酣舞，狂欢庆祝。这一次，爱林泉以四川的"不醒"、湖北的"小河"、新疆的"萧月"，以及台湾的"序轩"作为代表，前来参加了心目中女神获颁名誉博士的大典。青霞身在晚宴，心里却牵挂着这群来自大江南北的年轻小友。她首先安排她们在港丽的金叶庭用餐，餐后，再邀请她们和我一起到她的半山书房去共聚叙旧，促膝谈心。对于这些散居五湖四海的影迷，青霞一向都以最恳切的态度，如亲人一般来真诚相待，从来不以高高在上的偶像自居。自从2020年开始，她跟他们日日联系，夜夜通讯，她更不时督促他们看书、写作。我的《谈心》系列发表之后，她每星期都会按时发给爱林泉的朋友传阅，并邀请他们在一小时内写好读后感，她再花费几个钟头一一回复。她看什么书，爱林泉的小友也会自动自发跟着阅读，几年下来，林青霞的影迷团，在不知不觉中，已经蜕变为一股热爱读书的清泉，正如钱锺书杨绛设立的清华大学奖学金一般，足以命名为Philobiblion（拉丁语"爱读书"之意）小组了。

半山书房中，大若碗口的朵朵洁白兰花盛开着，是六年前译林出版社前社长李景端来访时的同一盆花，因为保养得宜，年年绽放。四壁墙上，金耀基校长的墨宝《将进酒》焕然生辉，"东方不败"的画像英姿飒爽，爱林泉众小友看到梦中的场景竟然如实呈现在眼前，都不禁感动得热泪盈眶，难以自抑！青霞刚进家门，就忙不迭吩咐菲佣拿出香槟小食招呼客人，一面张罗着为各位小友准备各适其适的礼物。这时候，青霞的摄影师兼好友邓永杰坐在一旁，于计算机上悉心整理在大典上摄影的照片。他一边工作，一边喟然说道："青霞太谦虚了，老是觉得自己何德何能，竟然可以置身这些杰出人士的行列之中，其实各行各业不同，能够获得名誉博士的荣誉，也得大家认可，实至名归啊！这一切都有规有矩，不能硬来的。"的确，听听今日礼堂中的欢呼声，就知道观众是出自肺腑，发乎内心的。他接着说："青霞代表的，是我们一代又一代人美好的岁月，共同的追忆，只要看到她仍然丰神绰约，仍然内外兼美，我们就会感到安心，感到岁月静好！"他继续语重心长的表示："今时今日，这样出类拔萃的人物，已经越来越少了，他们是应该受到重视，受到保护的。他们最美好的岁月，最美丽的形象，应该好好地保存下来，流传不息！"看到他悠然出神的模样，我深深地感受到，这就是他赋予自己的使命。

夜深了，半山书房的众人，在书画围绕，浓情厚谊中，仍然谈笑不断，毫无倦意。这一夜，是不同的一夜，将从此长留心坎，永志不忘。因此，港大此次颁授青霞的名誉博士衔，除了是一座颂扬往绩、肯定成就的丰碑，更是一种鼓励，一个指示前行的路标。不是终端，而是另一个起首，让她从今往后，更努力，更上进，更加天高地阔向前行！

这篇文章记录的，不是一则神话，不是一个传奇，而是一桩动人心弦却最为真实的励志故事！

2023年4月7日

"白牡丹"的香港情缘

"白牡丹"的称号,第一次是从章诒和口中听到的。那一回在饭局上,大家兴致勃勃地谈起白先勇的青春版《牡丹亭》,说是内地的大学生之间流行一种说法:"世界上只有两种人,一种是看过青春版《牡丹亭》的,一种是没有看过的。"章诒和闻言在旁微微一笑,闲闲抛出一句,"现在大家都把白先勇监制的《牡丹亭》,叫作'白牡丹'了!"

白先勇的"白牡丹",果然不同凡响。从2002年开始,他不知道投放了多少精力,灌注了多少心血,把这株原本已经奄奄一息的牡丹,从瘠土荒原救了出来,放在自己的心头,护着她,暖着她,想方设法让她重现生机,再展笑颜,更为她放下身段,不惜抛头露面,南北奔波,以传道者的热心和奉献精神,到处去推广去弘扬。

经过十多年的漫长岁月,白先勇终于把号称"百戏之母"的昆曲，从濒临式微的状态，以一出精心制作的青春版《牡丹亭》扭转乾坤，打造成年轻人趋之若鹜的心头好。十多年前垂垂老矣的戏宝，风雨飘摇，后继无人；十多年后的今时今日，青春洋溢的校园版传承《牡丹亭》于2018年在北大首演，从台上的生旦净末，到台下的铙钹箫锣，完全由十六所大学及一所附中选拔出来的年轻学子担纲演出，这一个戏剧性的转变，的确令人耳目一新！

白先勇推动的这项文化创举，经过了多年的努力与坚持，如今都事无巨细，详述在一部纪录片中，名之为《牡丹还魂——白先勇与昆曲复兴》！这部片由原先执导白先勇传记片《姹紫嫣红开遍》的邓勇星担任导演，从2018年开始摄制，耗时一年半，走访七个城市，访问近五十名学者，方始完成，所费的人力物力，难以计数。

几个星期前，跟白先勇通电话，他兴高采烈地告诉我，前不久，即2022年9月17日至18日，东南大学与南京大学白先勇文化基金，通过线上线下结合的方式，以"传承与传播：青春版《牡丹亭》与昆曲复兴"为题，举办了一次规模宏大的国际研讨会。除了白先勇本尊通过视频连线发表感言，参加的学者与艺术家都在会上就主题展开了热烈的研讨与交流。

"凡是与会专家学者的发言，都会汇集成书，另外，我还要邀请所有曾经参与这次昆曲复兴运动的朋友，都一起来把经过书写成文，共襄盛举。"

"你也写一篇吧！"白先勇在电话中盛情邀约。我真的不知道自己在这桩盛举中做了什么，该写什么。见我推辞，他不断用极其真挚的言辞打动我："回想过去，这十多二十年来，打造一出青春版《牡丹亭》，一开始，根本不知道会是这么困难的过程，历经艰辛，难以言喻！"他接着说："其实，这是天意垂成，我可不是做事那么能干的人，那是天意推着我一直做下去，是由无数朋友无私的奉献与付出，在节骨眼上帮我一把，最终才能成事！"的确，受到白先勇这位昆曲义工大队长的精神感召，无数义工小队员都踊跃参加，甘心投入，形成了浩浩荡荡的队伍，众志成城，终于成就了昆曲复兴的大业！

"青春版《牡丹亭》的形成，跟香港息息相关，你就写写在关键时刻，你曾经参与其中的几桩事吧！"白老师最后提议。

其实，白先勇的青春版《牡丹亭》，植根于童年时代在上海美琪大剧院观赏梅兰芳《游园惊梦》绝艺的深刻印象；发轫于多年后重返故地，欣赏上昆《长生殿》搬演的难忘经验；开展于2002年在香港应康文署之邀，做四次陈述昆曲之美的演讲，当时，曾经托古兆申邀请苏昆演员示范演出。从此，白先勇与苏昆结缘，也因而踏上了推广昆曲的不归路，悉心制作了青春版《牡丹亭》，而香港一地，也就成为"白牡丹"的催生之都，跟这位勇往直前的昆曲义工大队长结下了长达二十载的不解之缘。

据悉，是香港的何鸿毅家族基金，自2006至2008年，全力赞助，使青春版《牡丹亭》在全国十多所高校演出，掀起一阵昆曲热、牡丹热，并赞助昆曲演出，引领香港的年轻学子及普罗大众走进昆曲世界。是余志明的香港迪志文化出版有限公司，赞助了

"牡丹一百DVD"的制作，以及香港各大学的昆曲推广计划和内地的演出。此外，香港还有其他的善长仁翁，在紧要关头，仗义出手，润物无声，也是值得一并记录下来的。

2005年夏，我把多年来为香港中文大学荣誉博士及荣誉院士撰写的赞词，结集成书，名之曰《荣誉的造象》，该书由白先勇为我撰写序言。7月1日，《荣誉的造象》在天地图书公司举行新书发表会，书中涉及的多位博士院士都赏脸莅临，包括荣誉院士刘尚俭在内。白先勇当天原本要飞回台北的，也为此特地改了机票，留港出席。

那天，许多久未见面的文化学术界朋友，都欢聚一堂，尽兴交谈。白先勇与刘尚俭两位在我几年前主持的青年文学奖宴会上曾经见过面，这次重逢，格外高兴。只见他俩于人多热闹的场面，在一旁密密谈，不断聊，逸兴遄飞，神情投入而忘我！事后才得知，一场"白牡丹"越洋赴美，远征异国的壮举，就这样在两位性情中人于一次文化活动的交流中，给敲定下来了。

刘尚俭是位乐善好施的实业家，雅好艺术，能诗善文。我是在诗翁余光中七秩华诞的盛会上认识他的。初次见面，就发现这位成功的商家与众不同的洒脱和豁达！身为皮业大王，原籍河南鹿邑的刘尚俭嗜好猎鹿，更喜策骑草原，驰骋大漠。他为人慷慨大度，不拘小节，自称"离经叛道"，却对推广教育、弘扬中华文化，极具使命感。他曾经大力支持我为中文大学创办的"新纪元全球华文青年文学奖"，历时三届，每届经费超逾百万，而刘尚俭独力支持其中一半。记得第一次在电话中向他募款时，我一共用了五分钟陈述需求，他二话不说，立刻应允；第二、第三届，则各用了三分钟。刘尚俭处事极有原则，干脆利落，有所为有所不为。有一次，他在赴美的飞机上邂逅了柏克莱加州大学校长田长霖，两人比邻而坐，相谈甚欢，到了下机时，他已经对田校长许诺捐赠美金数百万巨款，以推展柏大校务暨促进中西文化交流。

原来，在那次《荣誉的造象》新书发表会上，刘尚俭见了白先勇，主动向这位昆曲大义工提出："我可以为你做些什么？"那时白先勇恰好在密锣紧鼓筹措《白牡丹》赴美演出的事宜，为了庞大的经费，正在伤透脑筋。刘尚俭的提议，好比一阵及时雨，解决了悬而未决的大难题。结果，刘尚俭慷慨赞助赴美费用的一半五十万美金，使青春版《牡丹亭》于2006年9月及10月间，得以顺利前往美国加州，先后在柏克莱、尔湾、洛杉矶及圣塔芭芭拉四地演出，盛况空前，大获成功。

说起那回白牡丹美国之旅，行前还有个特别的插曲，也跟香港息息相关。2006年初，因缘际会，我在李和声先生邀请观看的京剧盛会上，恰好坐在荷兰驻港领事夫妇的身边。那位领事夫人对京剧表演十分好奇，然而看到舞台上的演出细节，又不明所以，因此我就在旁权充导赏，跟她解释一下生旦净末行当的特色，以及某些动作的象征意义。原来她是全港领事夫人团体的主席，不久就邀请我去她的半山官邸出席午餐聚会，为与会的各国夫人讲解京剧艺术的入门概要。再过了一阵，李和声先生盛情邀请全体领事夫人去上海总会共进午餐，并欣赏京剧示范表演，她们对中国传统戏剧的兴趣，也就因此更加提高了。2006年6月5日至7日，青春版《牡丹亭》在香港文化中心大剧院公演三晚，这一下，百戏之祖竟然莅临香江演出，对于有心欣赏中国戏剧的各国使馆夫人来说，当然机不可失。由于当时盛况空前，一票难求，我在事前就替她们张罗，结果，一共获得了门票八套，即三晚共二十四张票子。据悉，各位夫人是彼此协调，分着来观赏的，譬如，某两套票，第一晚是由荷兰领事夫人与夫婿看的，第二晚就让给英国领事夫人与女儿。尽管如此，大家都看得津津有味，英国领事夫人还告诉我，女儿看了戏回家，还不停学着台上的柳梦梅叫"姐姐"呢！这次的昆曲欣赏，给各国领事及夫人留下了深刻的印象。接着，青春版《牡丹亭》申请赴美演出，许多驻港领事都为此欣然写了推荐信，他们当年的支持，对于此项文化盛事的顺利成行，大约也有一定的作用吧！

2007年4月中，我和白先勇应王蒙之邀，前往青岛中国海洋大学讲学。我们三人同住在海大宾馆54号楼。当时的楼层高低，按年龄分配，楼下是众人共聚的客厅饭厅，王蒙住二楼，白先勇住三楼，我算是三人之中最年轻的，于是给编派爬四楼。白天演讲完毕，到了晚上，楼下的白先勇，顺便上来跟我聊聊天。我们谈了很久，发现他弘扬百戏之祖，我推广华文文学，虽然规模有大有小，但是大家所亲身遭遇而又不足为他人道的艰辛与困难，却是相去不远的。白先勇最感到为难的事，莫过于推广文化活动，必须到处募捐，要读书人谈钱，确实难以开口。经过了这一席夜话，使我更了解他为了带领昆曲，而四处奔波、废寝忘食的付出与决心。当时就心中暗忖，以后只要有任何可能，必定要为白先勇的昆曲复兴大业尽一份心意，哪怕微不足道，也要竭尽绵力。

那年的5月，在北京欣赏了青春版《牡丹亭》演出一百场，喜见白牡丹越趋成熟，风姿嫣然。同年10月，剧团应国家大剧院之邀，成为开幕志庆的重头好戏，这可是令人喜悦的大事！我在得知讯息之后，马上邀约林青霞一起赴京观赏，还以晚上一起观剧，白天带她去拜访季羡林、杨绛等文学界前辈先驱作为"利诱"。青霞应约访京，不但连看三晚《牡丹亭》，还在第三晚观后，宴请全体苏昆演员火锅消夜，在席上，她为这群瞬息间变为小粉丝的可爱年轻人打气讲故事，对勉励大家继续在舞台上努力献艺，发挥了很大的鼓舞作用！

然而，这一切光环的背后，却还发生了一宗鲜为人知的惊险故事。原来，国家大剧院在《牡丹亭》即将推出的最后关头，突然提出了收取场租的要求，这一项额外的费用，使人措手不及，不知如何面对。我在香港收到来自北京的告急电话，情急之下，唯有赶紧走访新亚校董会主席周文轩博士以寻求出路。

周博士是位不折不扣的儒商，虽然创业致富，毕生却以济世救人为目标。他醉心艺术，崇尚文化，认为文学音乐不但可以陶冶性情，还可以兴教树化、移风易俗。生活中，他热爱弦歌之声，曾经为古典诗词谱曲，并以张继的《枫桥夜泊》为题作曲，匿名参赛，荣获冠军。身为苏州人，他与夫人都雅好昆曲，2005年初，苏昆"小兰花班"来中文大学演出两场折子戏，就是由新亚书院赞助的，而新亚的资源，即来自周文轩博士的慷慨捐赀。

记得那是9月初的一个星期五上午，天气仍然闷热无比。走进周博士那位于尖东的所在地，内心只觉忐忑不安，不知道到时如何启齿。其实，早些时我已经拜访过周博士了，当时是为了白牡丹的北京演出经费而自告奋勇去募款的。记得周博士和颜悦色地说，"演出经费要多少？先去别处募集一下，不足之数，由我来填补"。往后的几个星期，尝遍了到处碰壁、徒劳无功的滋味，用尽了英语、法语、沪语、粤语、普通话的技能，向各方人士求援，费尽口舌宣扬昆曲的妙处，却毫无成效，终于，硬着头皮，再次走进周博士的办公室。

那天事前向白先勇请示所得，知道即将开口的不是一个小数目，面对着温文慈祥的周博士，我们之间一向是用吴侬软语对答的，他轻声细语地问："还欠多少？"我低头悄悄地回答，没想到他竟然一口答应了，"好！这个数目，我来赞助吧！"接着，又聊了一会，周先生说，他做善事，很多都是匿名捐赠的，"尽了心就好，何必出名！"他也没有多要戏票，说是给太太看就可以了，因为她喜爱昆曲。接着，他又说："走吧！去银行，今天星期五，要赶着去寄汇款啊！"时近中午了，天气郁热，他没有犹豫，未及用膳，就冒着热汗匆匆下楼赶去银行了，为的是一次捐献、一份承诺。

事后，因见周博士回答得这么爽快，我一直在提心吊胆，不知道当天的对话，他是否听清楚了，深怕我低头回答时，把那大笔款项的数目字最后一个零头在喉咙底吞掉了，让他发生误会。几天后，我有澳门之行，船开出码头，在海上即将失去讯号的时刻，忽然收到白先勇的来电，"汇款收到了"，他在那一端说，"收到多少?"他说了个数目，幸亏零头没有少，这下，我终于放下了心头大石!此时，望出船舱，只见白云悠悠，碧波漾漾，内心充满了美好的感觉。

嗣后不出几个月，周文轩先生就因病去世了，这次慷慨捐款，可能是他生平最后的一项善举。

2018年4月10日，为庆祝北京大学创校一百二十周年，校园传承版《牡丹亭》在北大百周年纪念讲堂隆重首演。早在2月间白先勇来中文大学开讲《红楼梦》时，已经带来这个好消息，并邀我届时前往北京一起观赏。令人料想不到的是，这群并非专业演员和演奏者的年轻学子，仅仅经过了八个月的集训排练，竟然就有如此令人瞩目的超水平演出，难怪白老师一面看戏，一面频频说："整个人都给学生的热情融化了!"

当天晚上，我们在旅舍中相约商讨，彼此都认为这样优秀的传承版《牡丹亭》，除了演出成功，更具有标志性文化事业的意义。2005年白先勇首次在北大推出昆曲，当年这批年轻学子，还是一群七八岁的孩子;如今，他们已经成为正式粉墨登场的参演者，在北大百年礼堂上将昆曲的"情"与"美"发挥得淋漓尽致，而我国的文化精粹，终于一脉相传，后继有人了!

白先勇托付我回港之后，与中文大学校长商谈，希望把校园传承版《牡丹亭》带来香港，在中大演出。承蒙段校长竭力支持，此事似乎渐有眉目了。然而演出经费呢?又是一项庞大的支出，有哪位善长仁翁会慷慨解囊，踊跃捐助呢?于是，我想到了热爱传统戏剧的李和声先生。

李和声先生是中文大学和声书院的创办人，也是众所周知的金融界翘楚，他平生热爱京剧，一心弘扬，不求回报。在中国的戏剧界，一向是京昆互通，一脉相承的，还有什么比求助于李先生更佳的方案呢？更何况李先生对我来说，既是父执辈，又似兄长般的人物，跟他开口，比跟任何旁人更加容易。正如所料，那回跟李和声先生一提此事，他马上应允，并且嘱咐我务必要跟白先勇来个饭约，让同道中人能借此机会，好好为推广昆曲、弘扬国粹而欢聚畅谈。

记得那次的饭局，席上主客除了白先勇，还有中文系的昆曲专家华玮教授等人。李和声先生在上海总会设宴，还特地从家中带来珍贵的冬虫夏草宴客，大家言笑晏晏，宾主尽欢。

2018年12月2日，校园传承版《牡丹亭》在李和声先生及其他多位赞助者的全力支持下，于中文大学邵逸夫堂顺利公演，除了北京的年轻学子，还有香港及台北的学生参加演出，昆曲这一传统瑰宝，终于焕然重生了。

回顾往昔，在二十年来的悠悠岁月中，这株由白先勇悉心抚育的白牡丹，跟香港结下的既是一段难分难解的情缘，也是一份有始有终的善缘，象征着人间有情，善心永存。

2023年1月11日

润物无声忆隆情

众所周知,宋淇、邝文美伉俪与张爱玲私交甚笃,《张爱玲私语录》辑录的是三人之间历经数十年而始终不渝的深厚交情,其中尤以"书信选录"最让人感动。从这些往来信件中,得知宋淇为推广张爱玲的事业,到了完全投入忘我的境地,几乎赔上自己全部的时间精神而在所不惜。"朋友劝我一直为人打算,而忽略了自己出书不免太不为自己着想了。"(宋致张函,1974年8月17日,见《私语录》第140页)宋淇信上虽这么说,其实是明知故为的:"有时想想这样做所为何来?自己的正经事都不做,老是为他人做嫁衣裳。可是如果我不做,不会有另一个人做,只好义不容辞,当仁不让的做了。"(宋致陈皪华函,1987年10月18日,见《私语录》第140页)由此可见,宋淇为他人做嫁衣裳而乐此不疲。若干年来,他为朋友拔刀相助的种种义举,不知惠及几许同侪,多少后进,只是他为人低调,润物细无声,这些事迹,在坊间未必如扶持张爱玲这般广为人知罢了。

许多年前，那是香港中文大学翻译研究中心的全盛时代，记得任职该处的陈燕玲告诉我说，"我们这里有三位长老，人称宋老板、蔡老师、高老头"。她指的是宋淇，蔡思果，高克毅三位响当当的翻译界翘楚。那时，我在翻译系任教，翻译中心和翻译系是两个独立的单位，职能不同：前者掌出版，后者管教学。所以平时不需要在公事上频频接触，若有往返，也多半是属于私人之间的交情而已。

三人之中，高克毅（笔名乔志高）中英文造诣深厚，有"活百科字典"之称。性格温文尔雅，平易近人。他最爱才，也很风趣，虽是翻译《大亨小传》（Scott Fitzgerald, *The Great Gatsby*）的名家，却戏称自己是个"爱美的"（Amateur）译者。身为贾宝玉似的人物，又正当盛年，居然给人冠以"高老头"的称号，当然很不服气。这可都是傅雷的错，谁叫他所译巴尔扎克的《高老头》如此深入人心呢？高先生是我的忘年交，也是我日后译途上的指路明灯。

蔡思果又名蔡濯堂，是公认的大好人，译论精湛，散文出色，"蔡老师"之称当之无愧。他是个最最虔诚的天主教徒，听闻当年向夫人求婚时，曾经对天主发誓"永不负心"，因此毕生循规蹈矩，对女性目不斜视，敬而远之。凡有女同事登门求教，他必定大开中门急急避嫌；上了飞机，若看到年轻貌美的空姐从旁经过，则马上低头默诵"圣母玛利亚"以杜绝妄念。因此，蔡老师虽近在咫尺，倒也不便时常为译事去打扰他。

宋淇出掌翻译中心，是名副其实的"宋老板"。印象中，他身材颀长，双肩总是一高一低（多年后才得知他年轻时，因为身患重病，肺部曾经动过大手术），慢慢踱步时表情肃穆，若有所思。由于他看来不苟言笑，虽然家父与他是故交，但那时年轻的自己，每次从远处看到宋老板经过，总感到恭恭敬敬，无事不敢趋前问候。

有一次宋淇在香港翻译学会午餐例会上，以"卓越的翻译家——傅雷"为题，发表了一次演讲。原本我对听演讲，也不是那么感兴趣，尤其是内容枯燥乏味的题材，假如讲者再言谈无趣，那就更避之则吉了。可是宋淇不同，他是学会的七位始创会员之一，学识渊博，更是傅雷的挚友，想来这次演讲必然值得一听。谁也没有料到，一次听讲，竟然促成了往后学术界有关傅雷研究的连串效应；也在我个人译途上指出了明确的方向。

1979年秋，趁一年公休假（Sabbatical Leave）之便，我拿了法国政府奖学金抵达巴黎进修。前往索邦大学报到后，指导教授力劝我寻找一个项目，专攻博士课程。这时，宋淇前不久的精彩演讲自然而然在脑海中盘旋，于是我提出通过傅雷的翻译，以"巴尔扎克在中国"作为博士论文的题目。这范畴当年是完全无人涉及的未垦地，教授一听，马上就欣然同意了。

这下可问题来了，面对这么一片辽阔无垠的疆域，要踏足其间，千头万绪，我该从何着手呢？于是，想起了远在香港的领航人。虽然平时跟宋淇接触不多，但还是鼓起勇气给他写了一封信，提出我的构想以及种种问题，想不到没多久就收到回函，还是写得密密麻麻的三大页纸。

宋淇在这封写于1980年2月2日的信中，谈到三个要点：首先，他附上了傅聪在伦敦的地址，并告诉我傅聪当时在日本演奏，待他回英之后，会向他和傅敏（当时也在伦敦）兄弟二人直接写封信引介，并将副本影印传给我；其次，有关傅雷的生平事迹，他说与傅雷相识于沦陷时期的上海，两人"一见面就谈文学，艺术，翻译等事，乐而不倦，很少谈私事"，1947年暑假他们一同去牯岭避暑，"后来他去过昆明，再来香港，再转回上海，即住在我家中，一直照顾我母亲"，直至1966年傅雷弃世为止。宋淇提到，他与傅雷的通信中，有关翻译的实际经验和过程的资料不少，需要他花时间"逐封逐封信查"，才能提供给我。不久后，他果然没有食言，把傅雷论翻译的信件全部找出寄送，成为我日后论文中最为宝贵的一手资料。最后，宋淇又在信里列出一张傅雷译著的全部书单，凡是有^符号的表示不在手头。至于有关傅译巴尔扎克的数目，他说，"经我详细理过，十三种之说的而且确"，并嘱咐我"你可以根据这张书单同傅氏兄弟对核，并向他们借我名单上^符号的书"。

1980年2月19日，宋淇写了一封推介信给傅氏昆仲，这封信更长了，洋洋洒洒四大页。他在第二天寄出这封信的副本给我。如今在疫情中翻阅旧函，许多早已遗忘的细节，重现眼前；许多当年不以为意的内容，竟然已一一验证，更使我对宋淇先生的隆情厚谊铭感在心，不胜怀念！

在这封给"聪，敏二弟"的函件中，宋淇一开始就说"最近有一好消息相告",接着把我去巴黎进修、意欲撰写有关傅雷与巴尔扎克论文的来龙去脉描述了一番。最令我惊讶的是,数十年后回望,发现宋淇当年对欧美文学的发展竟然如此娴熟精准,真不愧为出色的文艺评论家。他说:"法人根本不知巴尔扎克在中国老幼皆知,全由一人之力。最近巴尔扎克在法国又复吃香,读书界掀起研究他的热潮。巴黎大学各课程中也以选读巴尔扎克的学生为最多。"他继而列出我手头上欠缺的资料,并说"我还答应她写信介绍给你们,前来拜望,以便进一步了解令尊的求学经过,平日翻译的习惯,作法,作风等等"。于是,就促成了我不久之后于农历初一的英伦之行。

宋淇当年在这封信里表现出来的卓识远见,令人感佩。提到傅雷的成就,他说:"我想国内虽然平反昭雪,但对怒安翻译上的成就,大家只不过知其然而不知其所以然,而且后起无人,目前除了杨绛之外,通中、法文和翻译的可以说一个也没有,将来也不见得会有。难得的是现在有一位中国人具备这三项条件,而且还有机会拿他作有系统的研究对象,将来写成博士论文。以法国人最近对现代中国文学和巴尔扎克的热爱,将来出版成书一点不足为奇。那么怒安的一生心血得以在被翻译成中文的祖国得到重视和了解,岂非佳话?同时也可安慰他地下之灵——这是柯灵同我等人所做不到的。"宋淇说这番话时,应不知译坛上尚有罗新璋其人其事,但以当时的社会环境,罗也根本无法出国到巴黎攻读博士学位。由于宋淇当年对我期许甚殷,的确使我战战兢兢,如履薄冰。不但如此,为了努力推介,宋淇在信中又把我的履历详述一遍，附上一大堆美言嘉许为我加持，说我在法国文化协会得到三种法文文凭，翻译至少有十年经验，编过教科书和字典，说得一口流利的上海话和普通话、广东话云云，"需找这样的人，说不定还真要去定做。所以我一口答应她全力支持她的计划，并且相信你们也会加以同样支持"。说真的，从来没有见过谁推荐一个友人，会如此全心全意，不遗余力，而且我当时跟他并不稔熟，怎么不叫我展读之下，既汗颜惭愧又感激不尽呢？但是转念一想，宋淇的这番举措，除了毫无私念的提携后进之外，还有更深一层的意义，他的确目光如炬，可以为弘扬文化事业而义无反顾，为促进学术交流而当仁不让的。因此，他毕生为朋友两肋插刀的义举，多不胜数，没有他的悉心推动引介，张爱玲不会遇上夏志清；没有夏志清的褒扬，张在文学史上的地位，当不会如今日般崇高无上；而我个人的际遇，只不过是宋先生的众多善行中，一个小小的实例而已。他在信末还殷殷叮嘱："她正紧张于准备功课，今夏初试而且还要缴论文大纲……希望你们能给予她一切助力，我会感同身受。"

宋淇当年对我一而再，再而三伸出援手。1980年4月9日，他来信告诉我说："你的运气真好，最近台湾的《幼狮文艺》出了两期'法国文学专号'，三月份专讲翻译，其中有关翻译小说和书目可能对你的论文很有用处。"然后，在6月12日的信里，他又强调，"对你的研究和论文，兹事体大，牵涉到中国学生在法国学者心目中的地位"，所以他宣称"我一定对你的需求竭力支持，务请释念"。

当年的垦荒之行，所幸终于得到了预期的效果，论文顺利完成，返港后更推出连串弘扬傅雷译论译著的活动，例如出版《傅雷与他的世界》，举办傅雷回顾展及傅雷纪念音乐会，成立傅雷翻译基金等，另外，也为《傅雷家书》翻译英法文信件，并参与筹组纪念傅雷夫妇的各项计划等；如今，傅雷研究在中国已经遍地开花，专攻傅译的学子，大有人在；甚至远至法国，也有学者教授以傅雷的翻译为主干，钻研巴尔扎克在中国流传的状况了。

当年只是为了不负宋淇殷切的期许于盼望，奋力向前，万万想不到的是，在他种种支持和鼓励的背后，竟然还包含了许多不为人知的艰辛和劳累。看了《张爱玲私语录》方才得知，宋氏伉俪是如何为朋友不计一切，忘我付出的。他俩一向多病多灾，多年来，为了推广张爱玲的事业，已经是心劳力绌，竭尽所能了。宋淇在1980年4月18日致张爱玲的信中指出，当天替她整理函件及稿子，花了一个下午，等于生了一场小病，还得赶着把信寄出；那么，他在那段繁忙岁月里，为我撰写推介信及整理傅雷历来谈论翻译的函件，又不知消耗了多少时间和精力？如今念来，心中老大不忍。他在6月12日还来信为我打气，谁知道那一段日子，他们家正经历了最为暗淡的时光，夫妇二人身心皆疲，为照顾高龄九十八的老人家（邝文美的母亲）而焦头烂额，宋夫人说："因为老人家每次出事，一定引起连锁反应，影响到他的健康和心情；同时我自己承受着各方面沉重的压力。"（邝致张函，1980年6月15日）这种种磨难和苦楚，怎么在宋淇的来信中，一点也不见端倪？现在回想，他一定是能人之所不能，因此虽然大病小病不绝如缕，却能勇敢面对，坚毅不拔，成为国语电影的先锋、文艺评论的翘楚、张爱玲的挚友知音，以及无数文化活动的幕后推手。

1983年我已经完成博士学位，回到中文大学执教，课余继续为研究傅雷作品尽心尽力。1986年底，傅敏来信，说《傅雷家书》要出第三版了，嘱咐我将家书中涉及英、法、德、意、奥、俄、波兰等外语字眼，包括单字词组或长句共约七八百处，一一翻译成中文，我欣然从命，完成任务后产生了《译注〈傅雷家书〉的一些体会》这篇长文。

意料不到的是，书出版后，竟然收到了宋淇先生在病中执笔撰写的一封长信，信中对我勉励有加，并提出了许多宝贵的意见，情真意挚，甚至宣称"句句清心直言，可以在法庭宣誓"。从来也没有见过如此放下身段、扶掖后进的长辈，岂不令人动容！这封信从未公开披露，此次特地刊载如下，以飨读者：

Dear Serena,

自从Congestive heart failure后，即遵医嘱在家服药静养，可幸尚能阅读报刊和写信。读到《傅雷家书》第三版，内有大作："译注《傅雷家书》的一些体会"，不禁佩服得五体投地。你现在的眼光和手法远超过高级翻译，是任高级翻译的导师而有余。我一向看重你的才华，认为你秀外慧中，又颇知收敛，假以时日，必会有大成，阅后深觉老眼无花，堪以自慰。我想一个原因是你沉溺于傅雷译作中，吸收了他的精华，无论是理论和实践，发笔为文，像武侠小说中描写一样，可能连自己都不知道功力猛进。另一个原因，恕我直说，高克毅先生也给了你点鼓励和启发，我就从他那里学到了不少诀窍。

将sweetness译为"甜腻"是神来之笔，把automatic译为"得心应手"，好得不能再好。我试掩卷默思，自承未必一时想得出，或许一直想不出来。Flirting译为"调情卖俏"的确有贬义。我生平最喜欢Mozart（尤在Beethoven之上）和红楼梦，我想你如多听听他几段passages之后，或可译为"俏皮"或"调皮"，因为他五岁已开始作曲。至于kind一词译为"周到"很妥帖，但弥拉毕竟是女人，"周到"则看不出性别。我大胆建议或可译为"体贴"（Mae说"周到"比"体贴"好）。翻译是见仁见智的玩意，傅雷中文如此好，难道他不知道"打情骂俏"或"俏皮"，"周到"或"体贴"吗，偏生要用flirting和kind？他平日说话最恨中英夹用，一定是中文找不到适当的字眼，而且傅聪的英文那时比中文好。作为译者只好知其不可为而为之，尽心焉而已。

又"冒然"是国语读法，恐怕要用"冒失"，正确的使用法应是"贸然"（二字同音）。你是上海人，都不用"贸然"（音茂），因为上海人不常使用这词。顺便一提，不是存心挑眼儿。

我正式建议将此文作独立论文发表，以益译坛和学习翻译的青年。我是为了译坛作此请求。

以上所说句句清心直言，可以在法庭宣誓。我们相交多

年，我有很多缺点，但对学术和学问是认真的，相信你知道我不会作非由衷之言。希望你予以迅速的处理。即祝

教祺
Stephan
April 18/1990

这封信我一直珍藏着，由于年代久远，又搬了几次家，一度不知所踪，再也找不到了，直到不久前的某一天，无意中翻阅旧物，竟骤然出现在眼前，当时真有失而复得、如获至宝的感觉！

如今蓦然回首，发现宋淇先生终其一生，都在默默耕耘，润物无声。遥想当年，他必然是因为经常拖着羸躯，才步履缓慢；不断顽抗病魔，才表情肃穆；无时无刻不为朋友劳心劳力，才看来若有所思吧！虽说一辈子都在致力为他人做嫁衣裳，然而这一件件精心制成的羽衣霓裳，却在文化学术圈中，不断焕发出绚烂夺目的华光！

2020年7月15日初稿
2022年11月29日定稿

缘,原来是圆的

中国人相信缘,人有人缘,书有书缘,地也有地缘。缘到底是怎样的?这事玄妙而难解,只可意会,不能言传。但是最近,因为种种机遇,使我深信:缘,原来是圆的——起于一线相牵,飘飘渺渺,兜兜转转,似有若无,欲断还连,纵使相隔千山万水,历经长年累月,终会在冥冥中,穿过云,穿过雾,又回到源头,画出一个满满的圆!

2018年初,上海浦东傅雷文化研究中心主任王树华先生就盛情来信,说是"傅雷诞辰110周年纪念大会"即将来临,邀约我赴沪出席。王先生是个有魄力的热心人,自从十几年前接任推广傅雷文化的重任后,就不断地主持各种纪念活动,多年来举办过傅雷著译研讨会、傅雷精神座谈会、傅雷手稿墨迹展、傅雷著作首发式、傅雷夫妇陵园安葬仪式等大型项目,这次推陈出新,又有什么特别的构想呢?他说,主要的是举办《傅雷著译全书》首发式,另外还邀请了一些法国专家来华共襄盛举,并以"傅雷与巴尔扎克"之间的渊源作为主题。

如所周知,傅雷毕生完成了五百余万言共三十多部译作,其中巴尔扎克的作品就占了15部之多,除了《猫儿打球号》在"文革"中遗失之外,其他14部作品,如《高老头》《欧也妮·葛朗台》《贝姨》《幻灭》等,已经成为家喻户晓的名著,在那个年代,曾经成为一代年轻读者视为瑰宝的精神食粮。

以"傅雷与巴尔扎克"为主题,这也是我当年研究的专项,因此,即使主办当局在临近活动时才突然提出要我在会上发言的请求,尽管时间仓促,猝不及防,也就不得不欣然从命了。

在周浦,当年傅雷出生的小镇,如今划为大上海一部分的市区里一家新开不久的旅舍中,邂逅了来自法国的巴尔扎克故居博物馆馆长Yves Gagneux先生,素未谋面,却感到一种暖暖的亲切。那似曾相识的感觉来自对方的所连所系,遥远的所在、悠久的岁月,瞬息缩短距离凝聚时间,鲜明真实地呈现在眼前。"巴尔扎克馆可是别来无恙?"我问道,虽询旧地,似念故人,那地方,确实牵起许多难忘的追忆,令人低回不已。

当年,负笈巴黎,为撰写有关傅雷与巴尔扎克的论文,最常到访之处,除了索邦大学,就是巴尔扎克故居,那里是作家自1840至1847年为了躲避债主而藏身匿居的所在,也是作家潜心创作撰写皇皇巨著《人间喜剧》的地方。从巴黎南郊的大学城出发,要换几次车,才来到位于城西十六区的小楼。那一带,人车稀疏;那一处,清静宁谧,每一次去,似乎都不见其他的访客，于是两层的故居，就变成独自流连徜徉的场所了。肃穆沉默中，心静下来，坐在四壁皆书的台前，进入作家百年前创作、译家百年后翻译，后学者专心致志、研习传承的氛围。多少个漫漫长日，就如此消磨在纸堆书页间。偶尔，瞥见窗外风光明媚，自觉有负良辰，哪知道傅雷1954年在翻译巴尔扎克的《于絮尔·弥罗埃》时，早有此叹："近一个月天气奇好，看看窗外真是诱惑得很，恨不得出门一次，但因工作进度太慢，只得硬压下去。"（《傅雷家书》，1954年11月1日）。原来自古伏案皆寂寞，信然！

那时候，巴尔扎克故居中，陈列了作家各种著作各种文字的翻译本，独缺中文，于是，就把手边傅雷翻译的《高老头》捐赠馆藏，当时是以谦逊虔敬之心，促成译者和作家在馆中首次百年相聚。谁想到几十年后的今天，巴尔扎克博物馆的馆长竟然越洋而来，不但如此，更亲自携带傅雷于1963年申请成为巴尔扎克研究会会员的信件和资料，以反馈译家的故乡！

"巴尔扎克的咖啡壶还在吧？他的镶宝石手杖呢？"作家当年为写作而殚精竭虑时，不得不依赖咖啡提神；作家完成杰构后行走沙龙时，又免不了以宝石手杖招摇人前，这两样镇馆之宝，如今可都安好？"都还在，"馆长笑着说，"现在的发展重点是，要访客垂注的不仅是巴尔扎克其人，还有其书。作家的作品，比其生活琐事更加重要！"的确，如今周浦要成立傅雷故居，呈现的该是傅雷的著作与译品、精神和气节，而不是供游客走马看花的一个旅游景点。"下次到巴黎，别忘了来巴尔扎克故居，我给你一个私人的特别导赏！"这是馆长的承诺。

在第二天的会议前，遇见了法国勒阿弗尔诺曼底大学现代语言教授Veronique Bui。听说她是研究巴尔扎克的专家，于是就趋前交流并向她请益。闲谈中，对方忽然非常认真地提起，她的研究是受到当年某某人论文的启发，说出名字时，让我先是愣住，继而迟疑，再而醒悟，"你说的那人好像是我呀！"Bui教授一听，非常兴奋，颇有他乡遇故知的感觉，虽然我俩也是素昧平生。为了证明其事，她急忙打开手机，翻到其中一处递给我看，赫然见到那是我当年在索邦大学所撰博士论文的书目，由于那时尚无计算机，只有打字，那一条条英法文书目中列出的中文译名，如《高老头》《邦斯舅舅》等，都是手写的，看到自己的笔迹，竟然于几十年后出现在一位陌生法国学者的手机中，那种惊喜与震撼，的确难以言喻！

缘，原来真的是圆的！

2018年5月4日

等到了，终于等到了
——记浙江大学中华译学馆的成立

去了一次杭州，没有踏足西湖。

前后三天，要抽时间，总是抽得出来的，只是这次心中另有所系，连重访淡妆浓抹总相宜的西湖，也兼顾不暇了。明知道这隔阂已久的美景，就静静展现在六七里外；明知道虽不是桃红柳绿春浓时，总也有霜菊绕潭开、红叶沿湖飘的秋色可赏，但是，有什么比望眼欲穿，期待已久的中华译学馆的成立，更让人振奋莫名，为之激动呢？于是，11月9日去杭州，11月11日回香港，来去匆匆，就为了参与盛事，亲历其境，见证中华译学馆在浙江大学成立的历史时刻。

2018年11月10日，策划良久，筹备经年的中华译学馆终于在浙江大学启幕了。开幕仪式是在紫金港校区的校友楼紫金厅举行的。浙江大学是一所驰声遐迩的名校，现有紫金港、玉泉、西溪、华家池、之江、舟山、海宁等七个校区，占地五百七十多万平方米。著名翻译家许钧教授于数年前应聘加入浙大之后，就悉心筹建这所史无前例然而又切合时需、不可或缺的译学馆。

与许钧相识于1996年春。当时，我担任香港中文大学翻译系主任，任内筹办了一次规模宏大的翻译学术会议"外文中译研究与探讨"，遍邀国内与海外翻译界、文化界著名学者莅临与会，包括余光中、叶水夫、冯亦代、齐邦媛、林文月、高克毅、蔡思果、金堤、杨武能、罗新璋、许钧等数十人，以及李景端、王新善、姚宜瑛、赵斌等十几位出版家。会议连开三天，闭幕前，举办圆桌会议总结成果，主持人余光中教授特别点名邀约许钧参加讨论，足见当时风华正茂的年轻学者，在群贤毕至的盛况中，以其无碍辩才、丰富学养，已经脱颖而出、光芒毕露了。

此后与许钧时相往返。多年来，各自在译坛上努力耕耘，互相砥砺，又一起为翻译遭受不公待遇作不平之鸣。尽管名家巨擘如季羡林和余光中都一致认为"翻译乃大道"，坊间知浅识薄者却偏偏仍以为翻译只是搬字过纸的小技；尽管近年来海内外翻译研究昌盛勃兴，翻译学系纷纷成立，但是译者的地位仍然偏低，翻译的待遇仍然微薄，一个毕生孜孜矻矻翻译逾百万言的译家，相较于只创作短诗数十、小说一二的作家，仍然显得微不足道。其实，世界各地都设有规模宏大的文学馆。记得多年前在香港邂逅北京现代文学馆馆长陈建功先生，当时曾经向他进言，希望在文学馆中能够辟出一角，放置翻译家手稿，以存录历来译者为促进文化交流而付出的斑斑心血。陈馆长当时表示相当赞同，但此事要付诸实行，必然会遭遇种种无可逆料的困难，于是这只求"寄人篱下"的卑微愿望,也就不了了之,日久暗淡,淹没在岁月中了。

成立独当一面的译学馆,一直是吾辈译界中人心底热切的期望,但是想愿望成真,必须先要有高瞻远瞩、魄力过人的领军者登高一呼;再要有实力雄厚、立意创新的机构能纳之容之,两者的配合,正如千里驹与伯乐之相逢,的确是可遇而不可求的历史机遇。

自从去年开始,就听闻许钧为建立中华译学馆而提出的种种计划,经过了颇长时间的酝酿、筹措,终于在今年底一一落实。根据这位创馆馆长的构思,译学馆的立馆宗旨乃"以中华为根,译与学并重。弘扬优秀文化,促进中外交流;拓展精神领域,驱动思想创新"。由此可见,中华译学馆的规模和愿景,已远远超越了吾人设馆藏稿的初衷。在许钧馆长的意念中,译学馆除了珍藏翻译家和文学家的手稿之外,翻译学既已成为跨文化领域的重要学科,在推广翻译事业的同时,大规模有深度的学术研究亦不容忽视。因此,译学馆执意在文学、文化与思想三方面积极展开工作,无论在译的层面、学的层面或中外文化交流层面,在创馆之初,已经出版了不少优秀的文库,如"中华翻译研究文库""中世纪与文艺复兴译丛""思想家/艺术家评传"等。换言之,原先以为中华译学馆的成立,就如一块未经开垦的新地,让拓荒者在此播种植苗,翻土耕耘;谁知道此处竟已是一片颇具规模的苗圃,园中新绿秀茂,欣欣向荣。许钧不愧为一位沉稳踏实、有心有才的学者,为推动译学,弘扬文化而不遗余力,难怪有位与会者发言时,曾感叹曰:"得许钧者,得天下也!"

在成立中华译学馆的盛典上,全国翻译与外语界的翘楚和先驱几乎都出席了,包括翻译界领导黄友义、唐闻生、仲伟合,著名翻译家杨武能、郭宏安、林少华、王克非、谢天振,著名作家苏童、毕飞宇,著名出版家原译林出版社社长李景端,众多出版社负责人,以及十几家大学外语学院的院长等。两百多位来宾济济一堂,见证浙江大学副校长何莲珍教授与许钧教授为中华译学馆揭幕,并聆听浙大校长吴朝晖院士致辞。吴校长在发言中表示,大学一向以传承与创新为理念,并确立"古今会通,东西互动,中外相知,文理交融"的发展路向,因此可说是与译学馆设立的宗旨不谋而合。

这次中华译学馆的成立,能参与其盛,目睹期望已久、规模宏大,翻译与研究并重的学术机构,在人文荟萃、历史悠久的浙江大学落地生根,身为翻译队伍的成员,多年来的殷切冀盼,竟然梦想成真,岂不深觉庆幸与感动!

神州大地上有史以来第一所建立的译学馆,等到了,终于等到了!

2018年12月4日

芬顿英文《赵氏孤儿》中译的缘起

小时候,常听到酷爱京剧的爸爸在家里哼哼唱唱,什么《红鬃烈马》《打渔杀家》《萧何月下追韩信》等等,但是最喜欢听他提起的戏目是《搜孤救孤》,也许是因为这名字用他那带有沪语口音的京腔一说,特别逗趣吧!其实,年幼的自己,对于这出老生泰斗余叔岩的传世之作,其入室弟子孟小冬的拿手好戏,根本一无所知,到了长大后,才知道原来戏文讲的是"赵氏孤儿"的故事!

"赵氏孤儿"的情节,源自春秋晋国正卿赵盾受奸佞屠岸贾所害,遭受一场灭族的惨剧。故事最早见于《史记》的《赵世家》,后由元代纪君祥编撰为《赵氏孤儿大报仇》,成为我国文学史上最为脍炙人口的名剧之一。赵氏一族,不幸受到诬蔑,惨遭满门抄斩,连刚出世的婴儿也不予放过。高风亮节的公孙杵臼和程婴,与赵氏并无血缘关系,出于忠肝义胆,勇救孤儿,前者舍身取义，后者以儿换儿，成就了惊天地、泣鬼神的壮举。公孙杵臼不辞一死，促使奸贼误判情势，放松戒心；程婴则忍辱负重，牺牲自己的孩子，将赵氏孤儿培育成人，最后剖白隐情，晓以大义，让孤儿手刃奸贼，完成复仇雪恨的大计。

这出剧力万钧、情节震撼的戏曲，除了元剧之外，也在历史上先后化身为昆曲、京剧、秦腔、韩剧、越剧、川剧、湘剧、黄梅戏、山西梆子等林林总总的形式，不但如此，此剧早于18世纪上旬就由在福建传教的耶稣会士马若瑟神甫翻译成节本，1734年再以全译本方式在法国发表，随后转译成英、德、意、荷、俄等各国文字，影响深远。法国启蒙运动先驱伏尔泰更于1750年左右，将《赵氏孤儿》改编为《中国孤儿》一剧，在巴黎出版并上演，轰动一时。

这样一出家喻户晓、驰誉中外的名剧，纵使自小听到大，纵使负笈巴黎时，也曾不时闻见法国友人提及，但毕竟是跟我研究范畴并不相干的题材，因此总觉得虽近犹远，虽熟悉仍陌生，哪想到有一天自己居然会跟它扯上了关系。

2019年2月中旬，徐俊导演自沪来港，相约饭聚于上海总会。那天晚上林青霞也抽暇出席。说起我们三人之间的渊源，还得追溯到2007年的冬天。那一回，白先勇监制的青春版《牡丹亭》即将在国家大剧院上演，我竭力游说青霞一起前往观赏。白先勇一听，为了体贴伊人在北京人地生疏，就特邀那来自上海的好友徐俊导演替他照料出入。就这样，我在初寒的北国邂逅了徐俊。

记得当年一打照面，几乎不相信眼前儒雅俊朗的男士是位导演，他应该是风度翩翩的男主角之选才对啊！事后方知道，徐俊原本真是个瞩目耀眼的明星，素有"沪剧王子"之称。后来，为了不断求进，他考入上海戏剧学院悉心攻读，于2001年获得导演系硕士学位，从此进入崭新的领域，执导多部戏剧，成绩斐然。

自从在北京相识之后，我曾经多次因公因私造访上海，每次都获得徐俊殷切相待，他的秉性温厚，待人真诚，在戏剧界乃至于整个文化界，实属少见。他对戏剧的热诚与投入，也令人动容。近年来，徐俊创作了为人颂赞的"上海三部曲"：沪语话剧《永远的尹雪艳》（2013）、谐音"大上海"的沪商精英话剧《大商海》（2014）、原创音乐剧《犹太人在上海》（2015）（此剧曾登陆百老汇，扬威国际）。从三部内涵相通而又种类各异的戏剧，可以看到导演不断突破，大胆创新的干劲与魄力。

在2019年2月的饭局上，徐俊提到他策划中的最新创作。原来他打算推出别树一格的音乐剧《赵氏孤儿》。《赵氏孤儿》的种种变奏，在国内国外，已经百花齐放，多不胜数，近年还有在北京国家大剧院上演的歌剧，但是音乐剧的形式，却独付阙如。把《赵氏孤儿》以音乐剧的形式搬上舞台，是导演多年来的梦想，然而他心目中推陈出新的剧本却寻寻觅觅，遍找不获。

2017年夏，徐俊在英国皇家莎士比亚剧团访问期间，接触到英国诗人詹姆斯·芬顿（James Fenton）于2012年为皇莎改写的英文版话剧《赵氏孤儿》，读完深觉震撼，竟有相遇恨晚之感。他脑海中一直盘旋不去的难题，是质疑纪君祥元剧中只谈忠诚正义不涉人性层面的情节，该如何转化为今时今日的戏剧语言，呈现在现代观众的面前，而今竟然在芬顿的作品中找到了答案。芬顿是位出色的诗人，1994至1999年曾出任牛津诗学教授，2007年荣获英女皇诗歌金奖。他以诗化的文字，照亮了传统戏剧中黯然无涉的角落，并以西方理性的观点，给予《赵氏孤儿》一个脱俗的解读与崭新的面貌。徐俊看到了芬顿所撰的《赵氏孤儿》，如获至宝，随即签下了该剧中译的版权。

意想不到的是，在2019年初的聚会中，徐导演竟然提出了邀我翻译芬顿英文《赵氏孤儿》的郑重要求。一来，我年来甚忙，杂务缠身；二来，我虽然翻译过诗歌，书信，短、中、长篇小说等各种文体，但是从未翻译过戏剧。正如余光中所说，翻译戏剧需要另一种才具，一个称职的译者，必须在台词方面调整语气，下足功夫，令每字每句"现说，现听，现懂"，方可令观众有所反应，悉心欣赏。因此，尽管机会难逢，盛情难却；尽管青霞在旁勉力鼓励，甚至提出让我去她那清幽的半山书房闭门苦干的邀请，我也深恐有辱使命、有负重托，而不敢贸然应允。

不久后峰回路转，原来好友彭镜禧教授恰巧于此时自台北来香港城市大学出任访问教授。彭教授是台湾翻译及戏剧的知名教授，以研究莎士比亚名闻遐迩。他的翻译成就备受推崇，曾荣获第一届梁实秋文学奖译诗组及译文组第一名，并翻译出版多本莎翁名剧。多年来由这些剧本，再改编为五出"莎戏曲"，在各地隆重上演，对推广莎剧，起了极其重要的作用。4月10日约彭镜禧与夏燕生伉俪饭聚，我请这位戏剧翻译名家翻阅一下芬顿的《赵氏孤儿》，并代徐导演邀请他拔刀相助。

两个星期后，彭教授在电邮中告诉我芬顿的剧本引人入胜，值得翻译成中文，然而正如徐导演一般，他也坚持我必须加入阵营，不能置身事外。

有了如此杰出的合作伙伴，我总算完成了穿针引线的任务，于是欣然转告徐俊。难得徐导演盛意拳拳，竟然二话不说，立即和夫人俞惠嫣再次飞来香港，与我二人相约见面。5月7日在香港的会晤，奠定了一次破天荒大陆、港台合作的翻译计划，而芬顿的英文剧《赵氏孤儿》，也从此衍生了回归原产地的中文版本，并以别开生面的音乐剧形式，于2020年6月11日在上海盛大公演。

2019年12月9日

读杨老，忆小杨

赵蘅所撰的《我的舅舅杨宪益》(中译出版社出版)图文并茂，全书以日记的方式，叙述老人生命中最后十年的事迹，看似生活上不起眼不经意的点点滴滴，透过作者朴素而深情的笔触，一一呈现出玲珑剔透的面貌。看这本书，就像无意中走进了一个时间隧道，在晨光熹微中漫步向前，逐渐地，光线明亮了，许多记忆里模糊朦胧的角落，都在刹那间变得清晰可见。

说起杨宪益伉俪，早在1985年就认识了。那年我以香港翻译学会执委会成员的身份，随团访问北京文化界的前辈，认识了许多译界先驱，包括钱锺书、杨绛、罗新璋、叶君健、叶水夫、卞之琳等，不清楚为什么，别人都是在会议室中正经八百交流的，偏偏热情好客的杨宪益却招呼整团人马上他家玩儿去了。记得那天刚走进他那位于外文局百万庄的宿舍不久，杨老就指着长几上一堆大大小小的美石，叫来客每人各挑一块。如今看了赵蘅的描述，才知道原来杨老这辈子最爱到处逛，搜罗各种文物饰品，例如到潘家园去拣石头，买了又喜欢送人，每次有亲友小辈等造访，都会叫他们去书房里拿书挑石头。那次我挑选的玉石，已经差不多快40年了，如今还放置在客厅的层架中，安然散发出温润闲逸的光泽。

记得认识杨宪益不久，他就告诉大家，千万别把他当什么老前辈，他可不认，反之，他喜欢我们叫他小杨，因为当年在牛津上学的时候，就已经听惯了。这小杨可是才智过人，别人上牛津，得在中学里先学希腊文、拉丁文好几年，他到英国后补习了5个月，就考上这所知名学府了，由于太年轻，学校要他再修读一年，才可以正式入学。那时候钱锺书也在牛津，不过比杨宪益年长。小杨在课余参加了中国学会，不久还当上了会长，并且在会里认识了出任秘书的英国姑娘戴乃迭，成就了三生石上一段脍炙人口的宿世姻缘。

戴乃迭年轻时非常漂亮，那清丽端庄的容貌，活脱脱就是英格丽·褒曼2.0（两人只相差4岁，几乎可以认作孪生姐妹）。父亲是传教士，乃迭生于北京协和医院，7岁才返回英国。由于热爱中国文化，她在大学时选修了中国文学，与修读英国文学的杨宪益，恰好成了天造地设的绝配，这对日后驰骋译坛的璧人，在1940年第二次世界大战时，毅然决然先经大西洋到加拿大，再经太平洋到香港，继而由香港乘飞机到重庆，一路辗转，历经艰辛，终于回到了苦难的中国。他们的婚事，乃迭的母亲不但没有祝福，甚至还预言将来如果两人生了孩子，一定会遭遇不幸，岂料一语成谶，他俩的儿子杨烨，日后真的因精神失常于1979年自焚而亡。乃迭痛在心中，却从不言喻，她在传记《我有两个祖国》中宣称："我来中国不是为了革命，也不是为了学习中国的经验，而是出于我对杨宪益的爱，我儿时在北京的美好记忆，以及我对中国古代文化的仰慕之情。"俗语说，"嫁鸡随鸡，嫁狗随狗"，她可真正做到了"嫁羊随羊"，九死无悔啊！

认识乃迭那年她66岁，心目中只知道杨氏伉俪是中译外的名家，生平合作翻译过中文经典无数，并不知晓这对患难夫妻曾经遭遇过牢狱之灾、丧子之痛，只见乃迭的脸上，布满了刻痕深深的岁月沧桑，依稀呈现出年轻时的秀雅姿容。那时候，总觉得杨老对她特别温柔，特别呵护。印象中，他们两人都爱喝酒，但是他总是不让她喝。后来才得知，原来乃迭当时已经患病了，医生叮咛不可酗酒，宪益这才在旁急于管制。不过，1985年初次见面，乃迭仍然神志清醒，个性爽朗，小杨拗不过她要酒喝时，只会在一旁"呵呵呵"傻笑，完全没辙。其实，他也深知，喝了酒，可以让她暂时忘忧，既不舍得不让她喝，又怕她喝了对身体不好。多年后，每次去北京探望两老，总是记得给小杨捎威士忌，给乃迭带巧克力。那些年乃迭健康日差，神情呆滞，已经不太开口说话了，记得那回在已经迁往友谊宾馆的杨府，看到院子里坐在轮椅上的乃迭，一面像个孩子似的把巧克力紧紧攥在手里，一面用俏皮的眼神瞅着身边的小杨，仿佛在跟他攀比"你有酒，我也有宝"似的，直觉得心里隐隐作痛。

回想1994年2月22日，杨宪益伉俪应我邀请来中大新亚书院做为期一月的访问。这段时间,我们经常相聚在一起。杨老刚到时兴致勃勃,精神奕奕,虽然已届七九高龄,但豪气壮志不减当年,一抵步,就赋诗一首:"逝者如斯亦等闲,虚抛七九不相干。黄河终要归东海,前路还须二十弯。"隔天,有个某报的资深记者来访问,事前根本没做功课,一开口,就问两人工资有多少,乃迭身为外国专家,收入是否比夫婿高?我在一旁听得糟心逆耳,于是暗忖,不如由我自己来跟杨老作个详尽的访谈吧!就这样,日复一日我们每天会晤,中午,我会做好"公司三明治"给两老送去,虽然不擅烹调,但是只要在面包里塞满火腿、鸡蛋、西红柿、生菜等材料,再挤进一大堆蛋黄酱,总是能让乃迭一边吃一边露出天使般的笑容。晚上,我们接两老来家里共进晚餐,餐后,小杨缓缓点上一支烟,开始了"一千零一夜"般的故事时间,哪怕情节多么高潮迭起,他说来总是温吞吞慢悠悠。闲谈中,他几乎把原稿是英文 *White Tiger*,中译为《漏船载酒忆当年》(2001年出版的自传)一书中所有的内容,都在饭桌上倾囊相告了。记得他说过,中学时,跟家里请来的英文补习老师池太太闹过一场师生恋,看了赵蘅的文章,方才知道了更多详情。原来池太太是广东人,英语流利,还会法文,当时对才情横溢的少年郎动了痴情;而学生呢,到底算是哪种恋爱,"初恋,暗恋,还是少年维特的烦恼?"赵蘅的妈妈杨苡这样问,"都有吧!"小杨回答得气定神闲,看来耄耋老人对少年时代的风流韵事,还记得清清楚楚。原来,这也是当年杨家急于把宝贝儿子送英留学的主因之一呢!

留港一月，杨宪益伉俪除了举办讲座，出席活动，也遇见了不少旧雨新知，例如在中大跟饶宗颐、劳思光等学者会面，欢谈合影；在空余时间重晤旧友黄永玉，更有一回，由我们夫妇带着他们跟巫宁坤（*A Single Tear* 的作者）到香港的黄金海岸去消磨了一个下午。那个月，虽然因为中大访客众多，接待的客舍供应紧张，两老无奈给逼迁了三次：从新亚会友楼，到大学曙光楼，再到逸夫雅群楼，他们仍然安之若素，毫无怨言，小杨甚至还为此赋诗遣怀。先说"故旧重逢会友楼，主人盛意更无传"（会友楼），再说"宾馆室雅何须大，小住三天亦是缘"（曙光楼），最后则叹曰"一弯浅水雾迷蒙，楼外青山似梦中。昨夜东风春乍暖，校园处处杜鹃红"（雅群楼）。

毕生跨过大大小小坎儿的杨老，早已看破红尘，处变不惊了，什么事都不会让他气急败坏，惶恐失措，唯独那次原本要出席香港翻译学会午餐聚谈的，上午乃迭突然身体不适，呕吐大作，于是急忙送她前往威尔斯亲王医院看急诊。在医院中折腾了五六个钟头，方才检查完毕，送进病房。随后我们发觉还没有进午餐，于是到附近的旅馆餐厅去解决。从来没有见过老人这么虚弱，这么无助，那双手——曾经在打字机上打过成千上万文字，于运动期间在北京街头扫过公厕，在牢狱中为解闷学过扒手技术的那双手，一直在不停瑟瑟发抖，连云吞面中的面条也夹不住。毕竟，乃迭是宪益的毕生挚爱，这样一位重情重义、善良多才的妻子，多年来与他患难与共、相濡以沫，他怎会不担心她突然急病送院呢？在《我的舅舅杨宪益》中，提到杨老曾对来访的记者坦然说,"解放后大家经历的差不多,我算没受过太多苦",然而他却表示:"我觉得自己很平常,我爱人很不错,英国小姐跑到中国吃了苦,没有牢骚,还是工作,做了不少事。"寥寥数语,看似轻描淡写,实则已经道尽了老人对爱妻的感念与深情了。

1994年那一个月的共处,使我与杨宪益伉俪结下了深厚的情谊。临走时,小杨送了我不少书,题签时高高兴兴地一会儿称我"兄",一会儿称我"嫂",一会儿叫同志,一会儿直呼其名。同年6月,他更为我的翻译论述《因难见巧》撰写《略谈我从事翻译工作的经历与体会》一文,作为他谈翻译的封笔之作。1998年,我为中大创办"新纪元全球华文青年文学奖"时,特地邀请杨宪益出任文学翻译组终审评判,虽然他已届八三高龄,还是欣然应允。可惜到2000年第一届比赛完毕举行颁奖典礼时,乃迭已溘然长逝了,痛失爱侣的杨老,无论我怎么游说,都不肯一人前来旧地重游。尽管如此,第二届文学奖推出时,杨老仍然应允再次出任终审评判,谁知道他在2002年开始竟然罹患恶疾,看了赵蘅书中"癌妖何足畏"那一章,终于明白为什么老人起先答应了阅卷,最后无法完成,要邀请胞妹杨苡代劳的原委了。在2003年7月11日的记述中,有这么一段话:"舅舅给妈一重活,要妈代替他评选香港华人翻译奖作品,还一再表示此事交给妈太好了。他还是重视,只不过自己力不从心了。"杨宪益和杨静如、杨敏如一门三杰,都是翻译界的翘楚,那次杨老郑重其事地交托胞妹替他完成翻译奖评审任务,实在令人感动。我当年还以为杨老因乃迭去世,伤心过度无法评阅呢!谁知道老人原来不幸患病,却对翻译奖的承诺仍然念念不忘。那年9月20日，我去北京拜访杨老，在他家也会晤了杨静如、杨敏如二人，相谈甚欢。阅读赵蘅当天的日记，又发现了这段记载："后来香港中文大学的金圣华夫妇来访，她认识阿姨，第一次见妈。她感谢妈妈帮舅舅做的工作，她说她是评奖主席，要妈去香港开会。"这一下，尘封旧事的记忆之窗，豁然推开，朦胧淡忘的片段又变得鲜活起来。在10月18日的日记中，赵蘅再次提到，舅舅力劝妈妈说，"其实应去香港开会"，可见在杨老的心目中，评奖活动与香港之行，是值得支持并富有意义的。这些情节，原先无从得知，由于赵蘅巨细无遗的记载，恰似提供了一块块关键的碎片，使我在追忆往事的过程中，终于凑成了一幅完整的拼图。

《我的舅舅杨宪益》一书中，详细记载了杨老最后十年在小金丝胡同六号生活的日常，记得我每次去那里造访时，总觉得杨老丧妻鳏居，十分落寞孤单，只见窗外稀疏的爬墙虎在寒风中轻摇，沙发前的小猫在寂静中打呼噜，看了赵蘅的文字，才知道原来由于胞妹的爱护，小辈的照料，众多友好如黄苗子、王世襄、丁聪、邵燕祥等人的经常聚晤，以及慕名后进的不断拜访，杨老的晚年其实并不寂寞，读罢此书，使我恍然释怀！

的确，读杨老，忆小杨，终于明白杨宪益无疑是历经沧桑却"活得最轻松的人"，正如他在厅堂里悬挂的对联所言："从古圣贤皆寂寞，是真名士自风流！"

2022年7月7日

还有热情还有火
——李景端《翻译选择与翻译传播》读后

顺丰速递送上来自南京的邮包,心想,期待已久的好书上门了,打开一看,果然不出所料,李景端的《翻译选择与翻译传播》闪耀眼前。

早在这本由许钧主编、浙江大学出版社出版的文集面世之前,我就拜读过其中大部分的文章,这是近年来作者与我彼此之间勤通讯息、互读文章的惯常动作。尽管如此,翻开书页,还是为作者的热诚与勤奋所触动,毕竟是松柏高龄了,卸任退休也有很长一段时间,怎么还是这么干劲十足、永不言休、不知老之将至呢?

这本题名有关翻译的作品,跟一般翻译学范畴的书籍很不相同,既不专注翻译理论,也不详谈翻译技巧,而是根据作者多年的实战经验,来谈论翻译成品付梓之前选题的考虑,以及成书之后传播的效应。作者在自序中表示,"本书是从翻译编辑的视角,对近年来我国翻译出版领域某些现象及其衍生出的社会影响所发表的评说和感悟"。因此，在某个意义上来说，这本别开生面的书所阐述的内容，主要涉及翻译作品遨游译海、徜徉译林之际的前生与后世。

本书共分四辑：（一）编辑眼光看翻译，（二）传播视角看翻译，（三）与翻译名家交往的逸事，（四）名家对我评说。

在第一辑与第二辑中，作者以一个资深出版家（译林创社社长）的身份，从过来人的视角，叙述了选题的标准、重视的导向、译坛的现状、坊间的争议等方方面面与翻译息息相关的问题。没有谁像作者这般具有丰富的经验，也没有谁像他这样热情澎湃，气势如虹，因此，无论他说起《尤利西斯》中译本的缘起，还是替季羡林等15位翻译名家打维权官司的往事，或是为提高翻译家地位而大声疾呼，都让人看得热血沸腾，拊掌称快。李景端是个快刀手，这些文字，篇幅不长而内容精辟，都是他因为看到翻译界的种种弊端有所感触，而诉之成文，振聋发聩的。看了这些短小精干的文章，仿佛瞥见一列快车，开足了马力，在崇山峻岭中轰隆隆向前直奔而去！谁会想到这是一位年近九秩的长者，长年累月埋首伏案，在计算机上不分昼夜努力耕耘的成果！"老骥伏枥，志在千里"，信然！

我个人最感兴趣的是第三辑"与翻译名家交往的逸事"。作者在这一辑中提到的翻译名家，十之八九都是我熟悉或曾经交往的朋友，因此，李景端笔下栩栩如生的描绘，也就成为我深有体会的"共同记忆"了。他在《善交朋友是编辑重要的基本功》一文中说道："各种会议是交友的好平台……每次参会，我都会关心、了解与会人员,主动找话题交流。会上认识了,会后还要保持联系……用心交友,诚恳待人,朋友圈才会不断扩大和巩固。"这段话的确是至理名言,而李景端和我,也是在1987年于香港大学举办的"当代翻译研讨会"上认识的。那次会议,出席的学者名家很多,会上结识的朋友,能够相知相交超逾三十载而往返不断的,却并不多见。除了协助我于1996年,在中文大学翻译系筹办规模宏大的"外文中译研究与探讨"学术会议之外,李景端还为我于1998年创办的"新纪元全球华文青年文学奖"努力推广。历年来,他以特邀顾问的身份,成为"青年文学奖"的内地专门户,在那智能手机尚未发达的年代,把自家的电话号码公之于世,不厌其烦地接收各地传来的种种电话咨询。记得第二届开展时,正值非典肆虐期间,李景端眼见各地来稿大受影响,急忙出谋献策,提议主办方不如加入一些年轻人喜欢的点子,如抽奖活动等,以吸引投稿,当时给我一口回绝,认为跟学术文化活动形象不符,他却不以为忤,继续任劳任怨为我们效力。结果,到了第三届文学奖推出后,获得约480所来自世界各地大专院校的参赛来稿,盛况空前,而李景端多年来的无私奉献,确实功不可没。

在这一辑中,李景端提到了杨绛的"明事理,拒张扬",慈心善意而又极有原则,为人淡薄自甘,坚拒沽名钓誉。我曾经四访三里河,记得其中一次就是李景端陪同的。每次造访之前,杨先生都会问我找谁同往,必须是她认可的人,才获得接见。那次,李景端到了杨府,一见杨绛就问到,有人批评她把夫婿"钱锺书"的名字写错了,她怎么回应。原来报上投诉的小青年,以为"锺"是个错误,应该写成"钟"。记得杨绛听罢淡然一笑,毫不在意！的确，这样一位与世无争、品德高尚的长者，又怎会沉溺在日常生活中的细枝末节而斤斤计较呢？

这一辑中，李景端也说了不少故事，让我对原本认识的一些翻译或学术界友人更加增进了解与敬意。其一是"老神仙"陆谷孙。回首当年，中大创办的"全球华文青年文学奖"最使人称道的莫过于所邀请的三组终审评判，都是文坛译坛响当当的人物，以翻译组来说，历来出任评审的有余光中、高克毅、杨宪益等前辈，到了第三届，高、杨两位因为年事已高，不再参与，因此必须另请高明了。当时想到的适当人选，就是陆谷孙。我曾经跟他有数面之交，并且在《牛津高阶双语词典》第6版与第7版中，忝为三位序言撰写人之一（其他两位为余光中和陆谷孙），因此就斗胆冒昧相邀了，谁知道陆谷孙起先竟断然拒绝，究其原因，原来他对于坊间种种征文比赛的弄虚作假、黑箱作业深恶痛绝，后来经过李景端的关说，力挺中大的华文奖水平极高，把关极严，"老神仙"才欣然应允。看了李景端的文章，得知陆先生毕生敬业乐业，"晚年散书散财，视名利如浮云"，这样一个君子，自然嫉恶如仇，一切以清廉为重了。

另外还发现一些有趣的轶事。原来第一届华文奖颁奖典礼上，杨宪益的发言不但由李景端代读，更是由他代写的。当年杨老因年事已高，无法亲自来港出席，于是，一切就拜托李景端代劳了。李在文章里提到杨老妹妹杨苡的批评，"你写得很全面……只是我哥从来不会讲这种带官腔的套话，这不是杨宪益讲话的风格"，难得李景端写得这么坦率直爽。想起了我所认识的这两位好友一向的举措：杨宪益讲话的慢条斯理、气定神闲，李景端发言的声若洪钟、慷慨激昂，不由得边读边哑然失笑！这本书中，还提到精通多国语言的翻译名家叶君健，我是在香港翻译学会1985年一次拜会北京翻译界的交流活动中认识叶老的。记忆中，叶老风度翩翩，平易近人，曾经跟他讨教过世界语及翻译《安徒生童话》的问题，看了李景端的文章，更进一步了解译家从事翻译活动的内心世界。黄宗英和冯亦代都是认识的前辈。黄宗英曾经在电影界名噪一时，素有"甜姐儿"之称，我小时候就由父亲带着见过这位红星，想不到长大后，居然有机会由李景端引导再次在上海跟她会晤。冯亦代原本应邀参加1996年中大的翻译研讨会的，谁知道因为在北京英国大使馆因签证事宜受了气而临阵决定取消来港，他在信中说，"等香港回归了，我再来看你"，结果，因种种机缘错失，跟冯老始终缘悭一面。看李景端的《黄宗英为什么会嫁冯亦代》一文，再参照曾经读过的两人《情书》，就更觉得对他俩的恋爱故事耳熟能详了。至于《林青霞向季羡林讨文气》所记述的内容，由于我既是此事的发起者又是当事人，并且在很多文章里已经涉及，因此这里不再重复了。

在第四辑中，上述跟李景端相交的朋友，都对他赞誉有加，认为他是个有良知、有魄力、有眼光、有胆识的出版家。看到这么多名家的中肯评述，我为他感到由衷的高兴。李景端曾经跟我说，《翻译选择与翻译传播》这本书，将是他最后一本作品，我希望，也深信，这不会是他的金盆洗手之作，因为在字里行间可以看到，这位老而弥坚的作者，还有热情，还有火！

2023年3月11日

闪闪金光的背后

那天晚上，对着满场观众，我讲了一段开场白："今晚，是金光闪闪的一夜。首先，这是金庸基金会举办的活动，我们在此放映和谈论的是电影《金大班的最后一夜》，女主角姚炜小姐本姓'金'，英文名字Kelly，因此原是'金嘉丽'，跟书中金大班的名字'金兆丽'只有一字之差，是命中注定要演出这部戏的。本人有幸在此敬陪末座，可能也是因为姓金的缘故。刚才另一位主持刘俊教授的姓氏（繁体字）中也含有'金'字，所以这些'金'加起来，的确是金色汇聚，但最要紧的是，必须要有白先勇教授的'白'来加持，成为'白金'之夜，一切才显得更加珍贵，更有意义。"

当晚白先勇和姚炜的对谈十分成功，两人诙谐幽默，妙语如珠，听得观众都乐翻了，时而欢笑，时而鼓掌，一个多小时的谈话，仿佛霎时间就过去了。事后，与会的朋友问我，"这场对谈，事前要不要排练的?""排练"? 当然没有! 一位是文坛巨匠,一位是影坛巨星,谈的是两位珠联璧合的出品、脍炙人口的佳作,又何须排练?

尽管如此,这闪闪金光的背后,却也有许多不为人知的趣事。早在2018年中,姚白二人就应"世界华人文化交流会"之邀,在新加坡放映《金大班的最后一夜》,并在放映后举行对谈(详情见《明报月刊》2018年7月号何华《〈金大班〉在狮城》一文)。记得那时跟白先勇通电话,谈起电影放映后轰动一时的盛况,他在电话中显得特别高兴,说是终于可以"还姚炜一个公道"。当时我就心想不知道什么时候同样的盛事可以在此地重演,让香港观众也可以一饱眼福耳福呢?

不久后,热心文化事业的潘耀明兄来电商讨,谈到查良镛基金会一直都想邀请白先勇主持讲座,只是白教授多年来为弘扬昆曲,为推介《红楼梦》,为替父亲白崇禧将军写传等等文化大业,忙得夙兴夜寐、殚精竭虑,而到处奔波足迹所至,真是八千里路云和月!要找他"度期",简直比找天皇巨星登台还要难。所幸白先勇是中文大学的博文讲座教授,每年总要抽一两个星期来中大讲学,于是,各大学各机构闻讯就纷纷提出演讲的邀约,务必把他在中大的课余时间填得密密麻麻。这一次,几经安排,白教授终于为潘先生的诚意打动。由于金庸基金会的讲座一向在香港大学举行,白教授乃在中大授课之余,移驾港大玉成其事。

讲座的题目决定为"从小说到电影——《金大班的最后一夜》的蜕变"之后,随着时间的流逝,应邀为主持的我,不免开始有点心中忐忑：白先勇的小说虽然耳熟能详，但是自己既不认识女主角姚炜，也没有看过这部35年前摄制的电影《金大班的最后一夜》，要怎么准备才能不辱使命呢？

2019年大年初五，通过白先勇的穿针引线，我和姚炜在一家位于铜锣湾的精致日本餐馆见面。早到了，在餐馆幽静的一角坐下，静候我心目中传奇人物的出现。不久，主角来了，身穿色彩艳丽的上衣，带着新春洋洋的喜气，只见她步履矫健，精神奕奕，看来还是那么年轻。刚坐下，她就急忙为我点菜，知道我不吃鱼生，二话不说，替我叫了和牛、鲍鱼、tempura，仿佛一定要把初次见面的朋友悉心招待，才算是尽了主人之谊。打开话匣子，从原姓本名、家庭背景到入行经过，从接拍《金大班》到失落金马奖，从高峰到低谷，从颓丧落寞到信主受洗，从千帆过尽到重新出发，她告诉我许多故事，我们足足聊了三个小时，仍然意犹未尽。当然，最要紧的还是谈到接拍《金大班》的前因后果，以及摄制过程中的种种花絮。饭后姚炜交给我一张《金大班》的DVD，这就是我即将仔细观赏研习的功课。

不久，姚炜来电，我们相约再次见面。这时，电影看过了，该读的资料也读过了，我们的谈话自然更深一层，姚炜特别提到戏中她和秦雄共度最后一夜的情景。那场床戏，也是当年摄制时开镜的第一场戏。那时她跟男主角只见了一面，根本不熟，为了演出效果，她特地为自己设计了一个妆容，浓妆艳抹中带着憔悴，透显出心底无比的纠结和哀伤！原来，《金大班》里女主角的千姿百态，从青涩到迟暮的万种风情，除了姚炜的精湛演技，还是通过她精心设计的化妆技巧一一展现出来的。早在开拍电影之前，她已在心目中把细腻情节绘成一幕幕生动的画面。

3月17日，白先勇自台来港，事前姚炜就提出要作东宴客。由于行程紧凑，白教授一下飞机连旅馆都没去就直奔饭店。那次饭局，我们足足聊了四个钟头，使我对白先勇当初参与制作的执着，自选女主、参与编剧、自挑配乐等过程的坚持，更增了解更添钦佩。当晚也谈到戏中两幕床戏的含义，即跟月如的纯爱和跟秦雄的情欲，都在姚炜入木三分的演绎中发挥得淋漓尽致。白先勇特别提到了"海派"作风，那是一种派头，一种架势，罩得住而又放得开，不拘小节而尊严十足，是可意会而不能言传的一种特色。这种风韵气派，在姚炜身上可说是展现无遗，难怪时人称她为"永远的金大班"！

在3月22日对谈举行的前两天，方才得知港大准备放映的《金大班》是市面上可以找到的DVD，那是剪掉床戏的"简洁版"。白教授一听，当然有点失望，因为这两幕床戏，且不说主角的付出有多少，原是剧中表现世事无常、时代变迁最有感染力的场景，不仅仅是情欲的描绘而已。为了观众得观全貌，我自告奋勇去跟电影资料馆联系，两天之内，得到搜集组经理冯佩琪小姐及其同仁的全力支持，悉心协助，在资料馆的仓底翻箱倒箧，尽量搜罗，找出了一个未经剪接的完整版本。在电话里，手机上来来回回，跟冯小姐和姚炜通过无数次讯息之后，终于确认了这就是我们遍寻不获、珍而重之的版本。资料馆的同仁为这次金庸基金会的盛事，乃不辞劳苦，连夜赶工，务必复制出一个适合港大放映的DVD（由于馆藏的版本是由betacam tape转出来的，未必适合放映，得另外制作一个版本），并在对谈当天下午，及时完工借出。在此特向冯小姐及其同仁，以及电影版权拥有人香港第一发行有限公司致以由衷的谢意。

电影放映时观众专注欣赏，看到银幕上荡气回肠的演出，追随着金大班的人生轨迹，时而感同身受，时而感触良多，正在紧要关头，电影忽然中断，全场屏息凝神，不敢躁动，好不容易台上才恢复放映，镜头连续下去。坐在身边的白先勇和姚炜静静看完全场，悄悄说道，"电影前半场是用资料馆的版本，后半场是用坊间的版本"。原来放映一半时，资料馆借来的版本不知何故竟然给机器卡住了，只好临时改用原先的版本。多少人用心良苦努力所得的完整版，终究因天意弄人，与观众缘悭一面！岂不令人扼腕叹息！

虽不尽如人意，终须一切随缘，由于这次活动，结识了雍容大度的姚炜，感受了电影资料馆无私的协助，细味《金大班的最后一夜》从小说到电影的蜕变，从而进一步了解《台北人》代表作如何在电影里表现出刘禹锡《乌衣巷》那种沧桑的情怀，实在与愿足矣！

2019年4月7日

青春版《牡丹亭》永葆青春

"很多记者在采访时,都会问我们,这青春版《牡丹亭》演了将近五百场,前后快20年了,现在还在叫青春版吗?"台上的杜丽娘台下的沈丰英,在我身边缓缓说。此时的她,浓妆卸尽,一身便服,那张素脸,干干净净的,看起来轮廓分明,还是那么娟秀动人。

"为什么不可以?你们当初推出时,就是用这个名字的,名字是不必改的,下次有人问,就反问他,自己的名字改不改?"身为主人的那一位,在朗声打抱不平,英姿飒爽,豪气逼人!真不愧为永远的东方不败!

这时候,饰演柳梦梅的俞玖林、杜丽娘的沈丰英、小春香的沈国芳,还有沪江才子王悦阳,在青春版《牡丹亭》于香港戏曲中心最后一晚演出后,都应邀在林青霞的半山书房做客。

白先勇监制的青春版《牡丹亭》到2024年就届满二十周年了,

这次阔别十七载再次应邀来港，最难得的是阵容鼎盛，99%由原班人马上演，全体演员倾情倾力推出这出震古烁今的旷世名剧，难怪盛况空前，一票难求了。

原本昆曲大义工白先勇要亲自来港督师的，结果临时因故未能成行，让一众好友及白迷十分失望，所幸，这群苏昆小兰花班的精英早已身经百战，越战越勇了，如今的他们，技巧圆熟，挥洒自如，演得一天比一天精彩，我们每天都把有关演出的讯息，通过手机向白老师不断输送，让他远在台北，仍能遥距共赏，白老师也天天兴致勃勃地参与其盛，频频通过微信说："小兰花真是争气，没有让香港人失望！"

早在7月28日公演之前，已经有机会在26号遇见这班小兰花的要角了。当天中午，我们都应刘尚俭先生的邀请，在半岛酒店的嘉麟楼餐叙，为这群阔别经年的演员接风洗尘。刘尚俭是位儒商，也就是于2006年慷慨支持青春版《牡丹亭》赴美演出的主要赞助人。那天我的座次，恰好安排在沈丰英旁边，因此方便叙旧聊天，眼前的丽人，多年不见，别来无恙，只是举止之间多了一份娴雅和雍容，谈话之中更添几分成熟与自信。问她每到一个崭新的场地，需要多次排练吗？譬如台型的大小、深度，某程度上一定会影响演员之间台步的行走、动作的配合吧！她说，毕竟演出快五百场，可以说已经真正的驾轻就熟了，角色之间极有默契，只要到舞台上实地观察一次，就可以驾驭自如了。演出快五百场？多么惊人的数字！一向都很好奇，同样的戏码，演出数百场，固然是千锤百炼的必经途径，那演员会日久生厌，失去当初的热情和新鲜感吗?"不会的!其实演员在舞台上表演时,虽然台下昏黑一片,但还是能感受到观众的实时反应的。哪一段的唱腔和表演,让观众笑了,感动了,唏嘘了,在台上都能够体会得到。于是,我们就牢记在心,完场后不断地琢磨,研究,力求改进!"台下既然暗沉沉的,那怎么能够感应呢?"我们是用听的,不是看的。"原来,优秀的昆曲演员,在舞台上不但需要唱念做打,使出浑身解数,所谓"台上一分钟,台下十年功",还得在施展绝活之余,具备"眼观四方,耳听八方",既演又听的能耐呢!

这就使我不得不想起傅聪曾经跟我说过的话。他表示,每次演奏,都是一次崭新的经验,自艺术的活水源头迸发而出,一泻千里。每一趟都是由内至外,洗涤心灵的历程,虽然曲目不变,但演奏却绝不雷同。与傅聪从未谋面却隔空神交的诺贝尔文学奖得主黑塞,某一天,无意间在收音机中聆听到傅聪演奏的萧邦后,惊为天人,曾经写道:"我很想在不同日子,不同场合,再聆听同一节目。……傅聪是否如我心中所想的那样一位音乐家?若然,则每一场演奏,就会是一个在细节上崭新独特、与众不同的经验,而绝不会只是旧调重弹而已。"原来,艺术到了最高的境界,无论哪种形式,都是彼此融会贯通的,这也就是"好戏不厌百回看"的道理。此次在戏曲中心演出的青春版《牡丹亭》的确不负众望,神形俱在,而又推陈出新;更趋圆熟,却能永葆青春!

经过了三天高度紧凑的演出,男女主角与小春香终于可以松一口气了。他们和王才子在青霞的半山书房安顿下来,浏览参观,为四壁名家的书画而激赏,为女主丰富的藏书而赞叹。好客的青霞则不断忙进忙出,为来宾开香槟庆功;送书,送围巾,送照片;签名,拍照,画肖像,还得张罗夜宵与酒水,几乎没有一刻停歇下来,然而脸上却始终笑靥如花,神态自若。"青霞姐的气场好大,真是大气!"沈丰英在旁悄悄地说。

餐桌上,大家举杯畅饮,即兴交流。身为行外人,很想知道演出时不为人知的细节,例如,那舞台上一套套的华美戏服,每一件白先勇都坚持由苏州绣娘一针一线手绣的成品,到底该怎么处理,每演出一次就干洗一次吗?"戏服是不能干洗的,否则会失去光泽。"沈丰英和沈国芳异口同声地回答。"那你们演出时汗流浃背的,事后怎么处理?""使用酒精含量75%的白酒去喷的,可以去掉污点汗迹。""你们在台上走圆场,走鬼步,是怎么训练出来的?""这个得靠持续的练习,到现在为止,我们还是得天天坚持不断地练功。"原以为像俞、沈等名角,如今已经是国家一级演员、梅花奖得主,自己可以收徒授业了,原来还是得殚精竭虑、勤练不休的。难怪青霞老是为传统戏曲演员喊冤,认为这些人都是我国文化的瑰宝,不可多得的精英,他们的付出与所得往往不符,值得大家予以重视。

"生角的靴子,鞋底这么高,走起疾步来很费力吧?""走疾步还好,最难的是刚出台时,那缓慢的步伐,一脚踩地,一脚举起,要保持平衡很不容易。"俞玖林一面说着,一面忍不住示范起来,那小生的洒脱功架,举手投足间自然而然展现出来。同行的女儿，望着爸爸，眉宇嘴角渗出了笑意，带几分娇，几分俏！爸爸望着女儿，一脸欣慰，说，"现在她大了，是她在管我了！"真难相信，《牡丹亭》戏中的柳梦梅，戏外竟然已经有个二八年华，跟杜丽娘同龄的女儿了。"我也有个15岁的孩子了。"沈国芳说。谁会想到眼前的年轻母亲，就是舞台上活泼可人的小春香呢？原来台上台下，是两个不同的世界。台下的演员，过的是正常人的生活，可以随着光阴荏苒，年华日增；台上的角色，却随着岁月的洗礼，历练越多，含蕴越深，把白先勇创制青春版《牡丹亭》时，"尊重传统而不因循传统，利用现代而不滥用现代"的文化精神，发挥得更到位，更透彻，更淋漓尽致！这样的戏宝，承先启后，去芜存菁，是永远不老的。更何况，这出戏还多次走向国际，在英美希腊等地扬威演出呢？

说起那次在希腊的演出，的确不同凡响。2017年7月，青春版《牡丹亭》在建于公元161年的雅典卫城阿迪库斯露天剧场公演，这一出发表于1598年的昆曲，在当年上演希腊三大剧作家作品的场地、布满雕像壁龛的舞台上，繁星点缀闪耀的夜空下，丝竹之声悠扬，翩翩花神起舞，谱出了古今文明传承、东西文化交流的华美乐章。说起这桩动人的故事，俞玖林、沈丰英和沈国芳的眼睛，虽然在凌晨时分，卸妆过后，也霎时间炯炯有神起来，不自觉闪现出喜悦的光芒。诚然，这些杰出艺人的心目中，深切体会到自己身负承先启后在国际舞台上传播我国优秀文化精髓的使命，而觉得与有荣焉！

夜深了，问他们，这次演出完毕，回到苏州后，可否休息一阵？"我们可以小休，俞玖林马上得主演《范文正公》。"《范文正公》是苏昆原创的昆曲，以"苏州名人故事"为题材的艺术作品，该剧由著名作家、国家一级编剧郑怀兴编写，国家一级导演孙晓燕执导，著名昆曲大师汪世瑜担任艺术指导，角色的年龄跨度很大，由23岁演到58岁，涵盖了巾生、小官生、大官生几个不同的行当，甚至老生的一些表演手法也包括在内。我曾欣赏过俞玖林演出的《白罗衫》，在堂审那一场里，一身蟒袍，气度恢弘，那种压场的派头，跟《牡丹亭》里缠绵悱恻的神态，截然不同，一出戏里从巾生过渡到官生，绝无难度，因此相信他在这出原创的昆曲里，一定能把一代名臣范仲淹的角色驾驭得出神入化，恰到好处。

从青春版《牡丹亭》的演出，到年轻演员的培养，再到崭新剧目的创作，我们喜见昆曲这百戏之母，仍然年轻，仍然茁壮。自从白先勇当年制作青春版《牡丹亭》为昆曲救亡以来，匆匆二十载转眼将至，这条路走来非易，今后如何坚持，如何前行，的确需要有心人鼎力合作，共襄善举。

2023年8月12日

两个讲故事的人
——莫言、青霞会晤记

因为司机来晚,加以路上堵车,居然偏偏在紧要关头,比约定的时间迟到了10分钟,心里嘀咕着,这个由我牵引的重要聚会,在我缺席的情况下,两位素未谋面的大名人,乍相逢,到底会是怎么个光景?陌生?拘谨?

一走进半山书房,就知道自己在瞎担心,啥尴尬事也没,客人莫言神情轻松得很,跟同来的书法家王振、香港电台的施志咏早已在座了,主人林青霞身穿一件苹果绿的长袍,更是笑得像朵花似的,正兴致勃勃注视着长桌上展示的莫言墨宝,那是一幅长条,上书"青霞书房",盖罢印章,他们两人手执长条,高高兴兴地合影了一张照。接着,轮到我了,莫言送给我的墨宝,上书"梦笔生花",字体豪迈,气韵生动,令我喜出望外。

跟诺贝尔文学奖得主见面喝茶,这可是难得的机遇,得说说缘起。去年拙著《谈心——与林青霞一起走过的十八年》发表后，曾经接受香港电台《大地书香》的访问，节目主持人施志咏跟我聊得投契，可说是一"谈"如故，结果发现我们在20年前就曾经在电台结缘了，这以后，因为疫情严峻的缘故，我们虽未见面，却不时用WhatsApp交流。一日，志咏传来讯息，说是莫言老师即将有香港之行，她跟莫老师和王振老师一向保持联系，而我经常和青霞交流谈心，何不趁此良机，让两位顶尖人物来个"世纪会晤"？于是，经环环相扣、穿针引线，促成了这次令人期待的聚会。

青霞一向热情好客，近年来更喜结交文化人士，尤其是名闻遐迩的大作家，她会虚心求教，向他们学习写作要诀。能够请到莫言，那可是天赐的善缘了。我知道她之前看过不少莫言的书，最近也买了莫言的新作《晚熟的人》，心想到时大概会向大师好好讨教吧！那天，一轮合影之后，大家在长桌前坐下，闲适自在地聊起天来。"你们三位（莫、林、王）都是山东人，真巧！"我开口说。莫言来自高密，这个曾经的穷乡僻壤，如今已在作家的笔下广为人知了；青霞祖籍莱阳，这地方从前以莱阳梨闻名，如今却产生了一位绝世美颜的巨星，"高密和莱阳两地很近呢！只相距……里路"，莫言答道。我是个数目白痴，听了既记不得也弄不清到底有多近，只知道两位名家因得知彼此的故乡就在比邻，而显得格外惺惺相惜。"各位会用山东话交谈吗？"我好奇地追问。这下，却激发了老乡与老乡之间无与伦比的亲和力了。莫言说，在网上看到过青霞用山东话朗诵自己的文章，青霞听了一高兴，就用山东方言蹦出一句坊间常闻的大粗口，说得活灵活现、清脆利落，极富喜剧效果，让大家立马笑翻了天！那场口，哪里还像文学巨匠和天皇巨星在交流，简直是中学生在课余尽情嬉戏么！大家都显得毫无顾忌、乐不可支，早已忘了什么初次见面的客套矜持了！

事后青霞跟我说，有一回去青岛旅行，在市区溜达，只见到处高楼大厦，当地人都文质彬彬，不说山东话了，她有点失落，那时老父刚去世不久，令她非常怀念。忽然，在街尾一条小巷里，看到了一群老爹老娘围坐在一张小桌旁，这群老乡一张嘴，就噼里啪啦夹杂着一轮山东粗口，使她想起了当年老爸的口吻，是从小听惯的啊！这一听，眼眶湿了，当下一阵暖意，袭上心头！因此，那天在半山书房，看到老乡来访，就忍不住说溜了口。这边厢，莫言是个小说家，作品里的对白一向地道传神，听到如此鲜活的家乡俚语俗话，自然倍感亲切。

接着，茶来了，点心一道道慢慢地上，主客随意吃，随意聊。青霞说，莫言在诺贝尔奖颁授典礼上的演讲词太动人了，是用讲故事的方式来发表的，真是别出心裁啊！的确，莫言的得奖感言，由一个个故事串联而成，娓娓道来，不落俗套，看似平淡，蕴含深意。莫言谦称："我不会讲理论啊，只好说故事。"其实，能把故事说好，就已是尽了写作和演讲的能事了。青霞也是个讲故事的高手，她说起当年拍摄《东方不败》，差点因假发受钳沉溺水中的意外，她讲得动容，大家听得出神。

吃着聊着，大家又随意起身走动，随着主人到墙上挂着的一幅幅字画前去览赏。从黄永玉的荷花、林风眠的裸女、金耀基的书法《将进酒》，走到了董其昌的墨宝前。这时，主人跟来客驻足良久，只听得他们一面欣赏，一面口中念念有词，"平平平仄仄，仄仄仄平平……"，原来，莫言、王振和青霞三人在讨论中国古典诗词的韵律呢！赏完字画，大家又回到长桌坐下，歇息时，自然而然掏出了手机来看，拍照的拍，传讯息的传，就像在家里跟家人相处一般舒坦。青霞自从几年前跟影迷团爱林泉接上了头，心态变得越来愈年轻，那手机可是运用得十分溜，什么稀奇古怪的玩意儿都难不倒她；至于莫言，他的确是走在时代的尖端，前不久，还用过最新的科技发明写稿呢。于是，这两位性情中人，就如此在出入今古、不拘小节的氛围中，率兴随意地不停聊下去了。

不一会，青霞捧出了她的珍藏，一大摞莫言的作品，让作家来题签，莫言一本本的认真签，他的签名特别好看，是流线型的一笔而下。看他签着签着，我突然意识到先前因出门匆匆，竟然忘了带上我家中那一大堆的莫言著作了。正懊恼着，青霞体贴地在书架上翻出了一本《檀香刑》交给我，"那是火灾中劫后余生的，上面还有烟火熏黑的痕迹呢！"她如是说。不管怎样，此时的我如获至宝，赶快拿了书请莫言题签，紧紧把握了这个难得的机会，志咏则在一旁，用手机一一拍下了宝贵的镜头。

长桌上，莫言坐在对面，青霞坐在我身旁，我和她悄悄交换了一个眼色，青霞就起身拿了一叠画纸，紫红色，是印刷《镜前镜后》剩余的，她平时拿来素描用。难得莫言大师到访，机不可失啊！于是，青霞就全神贯注对着眼前的模特，写起生来了。我们连大气都不敢透，生怕让莫言发现了，会失去自然的神态。青霞素描可有本领，不消几分钟，寥寥数笔，就把描绘对象的形容笑貌给捕捉下来了。当然，她天生就是个完美主义者，往往画中人满意了，她还是过不了自己的关，非得一画再画，精益求精，那天，她就足足用了一个多小时，画完莫言，再画王振及施志咏，务必让来客人人都满意为止。结果，她画了两遍莫言，第二次画得惟妙惟肖，端的是佳作！莫言憨厚恳挚的容颜，在青霞的笔下，栩栩如生，呼之欲出，他俩拿了画合影，作画的和被画的同样笑得开怀！那画上得题个什么字呢？两人略加思索，说不如写上"莫言笑"吧！写完后，青霞随即签上大名，结果前后连成一气，变成了"莫言笑青霞"，无论如何，那天下午，不管是莫笑还是青笑，大部分时间都是在哈哈大笑中度过的。最有趣的一桩是，拍照时，大家提议说"莫老师，你得把眼睛睁大些"，莫言答得委屈，"我的眼睛睁得最大，也就是这个样子了！"青霞闻言，抚掌拍手，仰天大笑！

不知不觉间，几个钟头过去了，已经喝了香槟，吃过了三种蛋糕、多样小食，然而大家谈兴未了，不知道谁提起了饺子，对好客的主人来说，这下可是正中下怀，原来青霞家的饺子是远近驰名的，她最喜欢让能干的菲佣包了饺子，不时送赠各方友好。于是，长桌上，端上了饺子，打开了茅台，又是新一轮的开怀畅饮，举杯言欢。来客还不知道青霞与饺子的故事呢。话说当年在台湾，有个年轻小伙子热烈追求她，甚至提出要带她去美国开饺子铺的前景作为利诱，那年代，能去美国可是很稀罕的，假如当时她真动了心，这世界上，可不知在何时何地会多了个饺子西施，而华语影坛就少了个电影皇后了！

这场别开生面莫林会，就如此在最融洽协调、毫无隔膜的情况下，延续了五个多小时。是两位山东老乡坦诚率真的交流，是他们所讲故事的温度、质感、脉络、经纬，融化了时空的距离，点燃了内心的火花，让出生背景迥异、成长环境大不相同，而又在各自行业中出类拔萃的人，蓦然相遇，一见如故。

临别，莫言在进电梯时，对青霞说下次到香港，他还来吃饺子；青霞趁着电梯在缓缓关门，两手提着裙子，优雅的半蹲，做了个谢幕状。

2023年5月29日

说自己

相识年少时

一辈子所做的工作，其实，都是跟文字、文学有关的。

小时候上学，老师出作文题，除了应节的如"中秋""端午""过新年"之类，总会叫大家写写"我的志愿"。记忆中，我所写的志愿始终是想当文学家，不像有的小男孩，一开始要当消防员，过不久想当雄赳赳的警察，接着迷上了威风凛凛的足球员，长大后乖乖坐在银行里数钞票去了。

童年在上海度过。两位哥哥比我年长很多，每当他们上学去后，家中静悄悄的，我唯有自己打发时间，消磨漫长的午后。最记得冬日奇寒，下雪的时候，窗外飘着绵绵白絮，室内的我，总喜欢手拿一个扁长的黑猫牌香烟空盒当作公文包，摇摇摆摆走到窗前，在玻璃上呼一口气，吹出一层薄薄的雾，然后用手在窗上比划，幻想自己登上讲台，正在向莘莘学子讲解课文。谁知道，这光景，竟成了多年后的真实写照！我不但执起教鞭，也经常与文字、文学结缘，谈不上当成文学家，却在文学翻译及创作的园地中，殷勤耕植数十载而迄今未休。

小时候，最早接触的文学作品是四叔送我的一套《格林童话》，接着是一套《安徒生童话》，使我阅后，闯进了奇幻璀璨的童话世界，发现书中的天地竟然这么辽阔、这么缤纷。于是，看完两大套童话故事后，开始如饥如渴地在家中大人的书柜里搜寻起来，无意间，竟让我翻到一部《大戏考》，厚厚一大册，使我如获至宝，不管看不看得懂，就埋头啃读起来了。《大戏考》中一个又一个剧本，令我开始接触传统文化与传说故事，什么《红鬃烈马》《四郎探母》《捉放曹》《洪洋洞》等戏目，虽看得似懂非懂，却觉得津津有味。因为爸爸是戏迷，也是票友，常在家中哼唱《打渔杀家》《萧何月下追韩信》等戏曲，更经常带我在台下观看京戏，或在台后探访名伶。我还记得鼎鼎大名的金少山有一把壶嘴镶金的小茶壶，可在台上唱完一段，叫侍从递上来润润喉；还有一只遍体乌亮的鬈毛哈巴狗，唱完戏可在后台抚弄为乐……这一切，都在一个七八岁孩子的脑海中留下了深刻的印象，更借助《大戏考》中文字的魅力，牢牢镶嵌在童年的心版上，历久不衰。

不错，《大戏考》几乎是我童年阅读的启蒙书，直到今天，我仍然记得跟大哥两人站在家里的楼梯口，一上一下，对唱《红鬃烈马》中，薛平贵与王宝钏分别十八载后在寒窑前重逢的那一幕。王宝钏念夫心切，殷殷垂问来客军中的情况，假扮军爷的薛平贵，却不动声色，一心要试探妻子别后是否坚贞不二：

"我问他好来?"(王宝钏)"他倒好。"(薛平贵)

"再问他安宁?""倒也安宁。"

"三餐茶饭?""小军造。"

"衣裳破了?""自有人缝。"

……

那时的我,虽然年幼,已经隐隐约约感受到男女之间的不平等。薛平贵一别寒窑,音讯全无,在藩邦娶了代战公主,多年后,见雁传血书,始返国探妻,在寒窑前两人相遇,还要假装军爷去试探,并在心中暗道,如宝钏贞节,上前相认;如抵受不了诱惑,则一刀把她杀了,回转番邦见公主去。这句唱词,听说后来改了,但在我当时幼小的心灵中,通过阅读戏文,除了熟谙忠孝节义的传统道德观念之外,也的确萌生了明辨是非的思考能力。

1950年随父母迁居台湾,就读于和平东路的北师附小。四年级念的是复式班,那是当年实验性质的崭新教学法,班上一半同学念三年级,一半念四年级,虽然学期末侥幸考了第一名,但并没有对作文特别发生兴趣。只记得到台湾后,继续热爱阅读。那时候,父母经常带我逛儿童书局,后来因为书看得快,买不胜买,好心的书店老板提议说,只要看完书不弄脏,就可以让我去换新书看,就这样,不多久,把儿童书局的图书,差不多都啃光了。

阅读,应该是写作的前奏与序曲,不爱看书的人,很难爱上写作。当年,由于一位老师的启发,才使我有意识地开始喜爱起写作来。在北师附小上五年级时,来了一位新的级任老师,名叫陈文彬。当时他刚从师范毕业,年纪轻,干劲足,写得一手好字，除了教我们国文，也教史地。当年的小学生，不但用毛笔写作文，每星期还得用毛笔写周记，交阅读报告等。记得有一回，我以"雨后"为题，写了一篇作文。那时候大概刚看了一些描写文，心有所感，于是一时兴起，仔仔细细描绘起雨后初晴的景象来：天如何放晴、雨露如何在绿叶上打转、树枝如何滴水、荷塘如何满溢……文章写完后，交给妈妈看一遍，就如常交上去了。谁知道没过多久，老师发回作文簿，打开一瞧，竟看到密密麻麻的红字，批阅在黑色的毛笔字后，篇幅之长，几乎跟我那作文不相上下。这一来，不由得令我心中狂跳，惊吓得不知所措，当时自忖："糟了，我不知犯了什么大错，竟让老师大发雷霆了。"战战兢兢，硬着头皮，我再次打开作文簿，一字一惊心地念下去。怎么回事？我简直不敢相信自己的眼睛，老师不但没有责备，反而在不停地赞美、鼓励。最后，他又殷殷垂询："好孩子，告诉我，真是你自己写的吗？"记得看完后，我用毛笔回了一句："当然是我自己写的！"这一句话，带有几分任性、几分稚气、几分自豪，而文学世界繁花似锦的园地，竟然在一瞬间为我敞开，我不再怯生生徘徊其外，而是坦荡荡徜徉其中了。陈文彬老师，就是当年引导我，并使我日后引领更多年轻人踏上文学与翻译之路的启蒙老师。

除了在课堂上国文时兴致勃勃之外，放学后我更努力去找课外书，中国传统的民间故事、经典小说等，如《三国》《水浒》《西游记》《镜花缘》等，都看得狼吞虎咽，另外，也开始看翻译小说，最喜欢的一本书是《苦儿流浪记》，多年后才知道这本书

的法文原名叫作 *Sans Famille*。当年那本书的译者是谁，根本不曾留意，只记得译笔还相当流畅，十一二岁的我，在书中学了不少成语，其中之一是"星罗棋布"，还在作文中用上了，不禁得意万分。自此，也就随时随地留心，并在小笔记本里摘下书报中读到的优美词句，这也是日后写作与翻译时，经常会寻章摘句、苦心经营的由来吧！

北师附小毕业，顺利考上了北一女。念初中时，开始剪存优秀文学作品，包括余光中发表的新诗。此外，也开始对翻译小说如痴如醉。台上的老师在教代数几何，台下的学生却偷偷瞄着藏在桌里的《三剑侠》（内地译《三个火枪手》）、《钟楼驼侠》（内地译《巴黎圣母院》）、《基督山恩仇记》（内地译《基督山伯爵》）……这些作品情节跌宕起伏，人物复杂多变，端的是荡气回肠，引人入胜。迷恋这些书，几乎到了无心向学的地步。幸而学校里还有内容扎实的国文课，可以读到古典诗词散文，也可以读到现代名家的作品。我们在假期中念《论语》，在课堂上背诵《琵琶行》《长恨歌》《出师表》《醉翁亭记》，也背徐志摩《我所知道的康桥》……授课的国文老师来自各省各地，吟哦诵读时南腔北调，却神气十足。记得有一回读到林觉民《与妻诀别书》，国文老师是江北人，他用那一口地道扬州话把课文念得铿锵有力："意映卿卿如晤，吾今以此书与汝永别矣，吾作此书，泪珠与笔墨齐下，不能竟书而欲搁笔……"他把"搁"字拖得特别长，简直是绕室三匝，余音袅袅，我忍不住在课后的班会上也学他摇头晃脑地念将起来，全班同学为之嘻哈绝倒。多年后，重读此文，方才感到心情沉重，凄然欲泪，年轻时少不更事，不能体会革命烈士从容就义前与妻诀别的锥心之痛，但书中一字一句表达出来的世间真情，因为当年国文老师的悉心教导，已深深埋在学生的心田之中，就像珍贵的种子，终会在日后某年某月，发芽成长，开花结果。

  我热爱国文，也挚爱写作，高二时举家迁居香港，进入培正中学当插班生。毕业后，虽考取台大外文系，因父母不放心我远游而不能如愿返台升学，结果考进了香港中文大学前身崇基学院。虽然在应届考生中以中文成绩第一取录，我却选择了英文系。当时年少气盛，偏要选择一条迂回曲折的路，但我对国文仍然挚爱不舍，在英国文学崇丽的殿堂中摸索前行时，选修了许多中文系的课，参加并得到全校中文比赛冠军、校际国语辩论及演讲比赛冠军，也因而促使自己日后在冥冥之中，踏上了英、中文学翻译之途。

  回首往昔，我与文学和翻译结下了超逾半个世纪的不解之缘。到今天，我不但教翻译、改翻译、做翻译、提倡翻译，也喜爱写作，并从事文学创作。环顾华语世界，在创作热诚日渐消减的今时，中文程度不断低落的今日，我竭诚希望年轻一代勿忘中国文字的优美精致、中国文化的源远流长。这一切，年少时不致力去播种、去耕耘、去开拓、去发扬，到了年长时，徒然成为不谙本国文化、不擅本国文字的无根浮萍，难道还值得沾沾自喜吗？

2023年4月28日修订

从绿衣黑裙到红带蓝裙
——追忆培正的岁月

窝打老道？在窝里打老道士？还是一窝蜂打老人家？这是什么路名？真奇怪！

多年前，来到新学校报考，一看到校门口的路牌，不禁心中嘀咕，觉得这香港真是没有文化，这学校一定也不是什么好学校，要我从台北名校跑到这里来转学，不免深感委屈。

当年，从台北搬来香港，可以跟久别重逢的爸爸相聚，当然是一桩好事，可是这次搬迁，也意味着跟自己熟悉的环境告别，跟多年好友分离，跟响当当、一考进去就自觉神气得不得了的母校"台北第一女子中学"脱离联系。一切来得太突然，令人措手不及，才16岁的年纪，已经饱尝离愁别绪，只觉得心中惆怅，不知道如何排遣。

好不容易来到香港，又面临失学问题，高二上念了一半，辍学在家，整日无所事事，对着这陌生的城市，不知道哪所学校才是落脚之地。听说，香港的学制跟台湾不同，分为英文中学及中文中学两种系统，如想进英文中学，就得倒退两年去读中三，这可如何是好？难道等台北的同学神气活现地上了大学，我还得穿了制服背上书包当中学生？正在彷徨无计时，忽然得知有几家中文中学在招收春季插班生，其中包括德明与培正，于是就抱着姑且一试的心情，去报名投考。

那一年，培正录取了七个插班生，其中居然有三个是姓金的。事后才知道，这学校根本一向不收插班生，那一年是个例外。又隔了半个世纪，在整理爸爸的遗物时，无意中发现一张字条，是友人恭贺他女儿以第一名考上培正，原来那一回是命运之神的安排，使我懵懵懂懂地再次与名校结缘。

念到高二下，才转到一所新学校；以同学来说，从清一色女生的班级，换到男女同班；从四周环绕熟悉的面孔，到望去尽是漠然的脸庞，简直是"西出阳关无故人"；以老师来说，变为粤语授课；从采用数理化中文课本，改为英语课本，其中的改变不可谓不大，无奈飞鸟跌进池塘里，不会游泳也得游。当时不论上课下课，广东话的九个高低语音不停在耳边絮絮叨叨，很像疲劳轰炸，每天既听不懂也说不清，真是有耳莫闻，有口难言，这才领略到倘若生而聋哑该是多么苦恼的事！

在香港上学，当然也得穿制服，有的学校女生居然是穿旗袍的，当年瘦瘦小小的我，穿起来一定像个洗衫板，幸亏培正不是如此。从绿衣黑裙换上了红领结，藏青裙；从及耳短发，变成了两辫垂肩，这外形的转变，恰恰是整个学习过程改天换日的体现。

培正中学可能是个异数，虽为中文中学，数理化生各科却是采用英文课本的。上课时，学生对着这英文课本，听老师用粤语讲解，这其中有没有翻译的困难？由于我当年是处于"又聋又哑"的状态，每天挣扎求存还来不及，根本不知道这种教法的利弊所在。当时，我连"三角形"叫"triangle"，"二氧化碳"叫"carbon dioxide"也弄不清，却马上要面对交功课、做测验、应付小考大考的挑战。

只记得每天上完课回到家里，来不及做作业，光是查阅各科内容的生字，就已经忙得晕头转向，查完生字，每每将近午夜，再要温习课文，更是精疲力竭了。但是，课业如滔滔东流水，只会滚滚向前，不会因为江上舟子乏力划艇而放慢流速。最记得第一次化学测验，这是外号"化学张"的老师每次做实验前的程序，学生必须熟读内容，通过测验，才可以进入实验室。张老师让每个学生自选笔记本，每次测验完毕，他会以得分高低来排列本子的先后。那一回，老师走进课室，双手像拉风琴似的横向捧了一叠本子，我那本绿色封面的赫然放在最边上。当时心想，这下可糟了，我一定考得最坏，因此名列最后。接着老师读出名字，想不到我是第一个，也就是第一名，这可真让人喜出望外，怎么回事呢？原来早一晚因初临大敌，战战兢兢用英文死背了所有化学元素以及实验程序，竟然大有好处。这以后，每逢化学测验，都不敢造次，为了保持佳绩，特别用心，会考时，竟然得了Distinction的成绩，要不是有一次做实验时脸孔对着酒精灯和试管中的硫酸铜呆若木鸡，险出意外，给平时挺宠我的"化学张"大骂一顿，还妄以为大学时可以念化学系呢！

培正虽是中文中学，英文却深得吓人。高二时，英文课居然教米尔顿的《失乐园》（John Milton，*Paradise Lost*）。那位老师姓吴，蓄了小胡子，上课时英文说得字正腔圆，看起来派头十足，很神气的模样。记得他要我们背课文，每个同学都得在班上轮流背诵，谁够勇气先背的，就可以先脱难，免得在课室里提心吊胆，一面对着长长的鸡肠文直冒冷汗，一面希望下课铃快快响起，能够赖就赖一堂。

中文课是我的"乐园"，无论背诵、作文，都是台北一女中训练有素的能事。唯一特别的是别人背诵时用粤语，我则因为新来乍到。记得在北一女时，班上有位侨生名叫赵美，只是一背书就得用母语。她开口用广东话背诵，使全班哄堂大笑，嘻哈绝倒。想不到风水轮流转，到了香港，那惹得同学捧腹发噱、前俯后仰的角色，竟然变了我自己！

上体育课，又是一个全新的经验。培正虽著名，操场却不算太大，上体育课时，男生去打球跑步，女生却在一旁做韵律操。我是班上的插班生，体育老师并没有特别照顾，一上来就喊起号令，带上全班做体操。"一二！一二！"她用粤语大声喊着，我听起来却像"讶异！讶异！"莫名其妙之余，顿时手忙脚乱起来，再也跟不上节奏了。那一年期终考时，我的体育不及格。

培正是基督教学校，除了中英数理化等基本科目之外，每个学生都得上《圣经》课。在台北，我们念的是《论语》《中庸》，注重的是忠孝仁爱、信义和平，连分班都是"忠班，孝班"，而不是"A班，B班"，来了香港，却要学习从未涉及的新旧约《圣经》。因为天天睡眠不足，加以老师上课时以陌生话说陌生事，每次都在班上昏昏欲睡，费尽力气撑眼皮，好不容易挨到下课，只记得《圣经》故事中两三个片段，例如耶稣为门徒洗脚之类。天可怜见！一年半后参加会考时，《圣经》科目居然有一题"耶稣为门徒洗脚的意义"，当下洋洋洒洒以作文的技巧发挥了一阵，这一科发榜时居然得了一个credit！

在培正念了一年半，糊糊涂涂会考及格，朦朦胧胧过了难关，升大学时，明明考取了台大外文系，有机会跟白先勇、陈若曦等学长成为同系窗友，却因父母不舍让我远行而作罢。结果就考上了中文大学前身崇基学院英文系，兜兜转转，多年后终于踏上翻译与创作之路。

2017年5月27日

在那往昔的岁月
——记早年崇基生活的浓浓诗情

"在那遥远的地方,有位好姑娘……"

每听到王洛宾这首家喻户晓的民歌,总想起牧羊姑娘的清丽可人,边陲风光的淳朴脱俗,而不禁心向往之。也许,现实生活中杂务缠身,节奏急促,因而遥不可及的她,年代久远的时,常使人悠然神往,缅怀不已吧!

"在那往昔的岁月,有段好时光……"

多少年了?回想在崇基当学生的日子,既近在眼前,又远在天边,追忆似水流年,到底该从哪一点,哪一滴开始?

在同一地点上学,做事,大半生驻足于此,倏倏忽忽,数十年已经过去了。恰似拾级登山,迤逦而上,一路行来,骄阳似火,时而喘息树下,时而暂歇亭中,但多半时候,必须鼓起勇气,勉力向前,行行复行行,猛举首,峰顶已经在望;再回头,但见来路蜿蜒如线,刻画在碧绿的山坡上。抛去的岁月,绵长如许,而下山的日子,竟隐隐然展现在眼前了。

同样的地方,不知生活了多少年;同样的路,不知走过了多少遍。路边的景观,天天在变,但路上的行人,却往往浑然不觉。就好比天天面对着身边的伴侣,朝夕与共,日夜相依,谁会注意到他或她时时刻刻的变化?曾几何时,额前添纹,鬓边堆霜,不知不觉间,岁月已经在对方的脸上,留下了深深的印记。

现在的崇基,跟早年的崇基,从外观看来,已大不相同了。当年的马料水,远离市嚣,清幽如画。背后是青翠妩媚的山,前面是碧蓝澄澈的海,如茵的山坡上,竖立着疏疏落落、美观雅致的建筑物,与对面雄伟巍峨的马鞍山,遥遥相对。马鞍山下有一个村落,名叫乌溪沙,那处宁谧安详,除了一家慈善机构开办的孤儿院,几乎不见人烟。

一条弯弯曲曲的铁路,途经崇基,每隔一小时多,为学院带来一批充满活力、朝气勃勃的年轻学子。从火车站到课室,要经过正在扩建的大操场。上坡的道路,天晴时,因树小无荫,而烈日当头;天雨时,操场水浸土淹,顿成泽国。小伙子卷起裤脚,小姑娘拉高裙裾。大家嘻嘻哈哈,涉水而过,不但不以为苦,反而乐在其中。那年头,谁也没有昂贵的牛仔裤、名牌的网球鞋,衣物浸湿了也罢,瞬息即干,少年情怀洒脱豪迈,物质生活丰裕与否,又何必计较?

上了小坡,来到活动的中心地带,一边是麻雀虽小而五脏俱全的图书馆,另一边拾级而上,来到了缴费、注册等办事必经的行政楼。由图书馆再往前走，就是课前课后、全校六百学生流连聚散的饭堂了。当年的图书馆，空间不大，书籍不多，但是学生都喜欢往里头钻，一半是为了勤学苦读，另一半却为了便于亲近心仪的对象。一张张长方桌子，一把把木制椅子，大家挤在一起，好不温馨！《牛津大辞典》近在咫尺，随手可查；《莎士比亚全集》就在眼前，随时能阅。看倦了书，正好写张便条，夹在扉页，递到邻座的她手中，问她今宵可有空闲，能否相约共游，泛舟月下？图书馆外，有一小块青草地，当年种了一株白兰，花开时芳香四溢，不知多少年，一届又一届，娇柔的小妮子曾经站在树下，首微昂，手轻扬，无数小伙子就会纷纷上前，大献殷勤，为她摘下白兰串串。

行政楼是一座两层的楼房，院长办公室在楼上，注册出纳等办事处就在楼下。每一年，招收新生的时候，一大批高年级的旧生总要在注册处探头探脑，收集情报，看看今年招收了多少新生，有没有出色的俊男美女。然后，把名字默默记下，在迎新会上逐一细细端详，查核真人跟照片有啥出入。行政楼向上，通往大埔公路；向下行，就直指火车站了。在通往火车站的一端，有一个小草坡，课余饭后，正是并肩闲坐，观白云、诉心声的好去处。如今，这一切都已覆盖在钢筋水泥下，新建的音乐厅，设备齐全，为校园生活添增姿彩。

饭堂是各路英雄聚首会晤，或比试技艺，或共商大计的场所。由于每小时最多只有一班火车进城，误了班次，就不得不在学校流连，饭堂因而经常座无虚席，人头涌涌。当年的饭堂既无冷气，也无雅座，菜肴只有那几款，卫生条件更免谈，午膳时，经常可以在白饭里挑砂石、青菜中找昆虫。尽管如此，年轻人成群结队，呼朋唤友，倒也其乐融融。全校只有那几百名学生，除非是天生的蛀书虫，在当年的崇基，只要一进校门，上三届，下三届，几乎谁都认识谁。饭堂的功能极多，上课时，是走堂逃课的庇护所；考试前，是恶补备战的兵工厂；到了圣诞前，更可一改而为全体学生的跳舞厅。曾经有一次，舞会开得通宵达旦，尽兴尽情。谁说教会学院校规严？当年的崇基可开放自由得很呢！饭堂既是全校的社交中心，大家都不会对之视若等闲，男生们最喜欢在此论球技、打桥牌，越近考试越起劲；女生呢，当时流行的罗伞裙、蜂巢头、种种时髦的玩意儿，一经打扮停当，怎可不在此一一亮相？曾经有位家境不错的男学生，无心向学，常向女同学借笔记，问功课，然后再以跑马"贴士"来偿还。闲来无事，饭堂是他的瞭望台。当年时兴牛奶公司的莲花杯，五毫子一大杯，三毫子一小杯，这位仁兄，每见美女，必以莲花杯相赠。在他心目中，美貌有价，绝色美女一大杯，次等美女一小杯，当然，也有只获赠两毫子维他奶者。如今，这所饭堂早已拆去，原址变成了甚有规模的教育学院了。

　　当年的崇基，背山面海。那山，真是入目青葱，不见片瓦，如今的大学本部，联合、新亚及逸夫书院，仍然踪迹全无。山头上，设置"崇基"两个大字，居高临下，俯瞰着这所别具一格的大专学院。铁路弯弯，依海而筑；向右是一道清泉，水流淙淙，奔泻不绝，沿着铁路走不远，就可以找到石阶，拾级而下。大热天来到水边，但觉清凉沁心，暑气全消。这地方，幽静怡人，既可以一人独往，潜心苦读；也可以偕伴而至，喁喁谈心；更可以三五成群，嬉水其中。马料水之名，想必由此清泉而得吧！时过景迁，近年来，每乘火车途经，但见这清泉，时而干涸无水，时而水细如注，加以潭边垃圾堆积，蚊蚋丛生，如今，恐怕再没有什么闲客肯涉足此地了。

铁路向左，到了车站尽头再往海边走，就是渡船码头。码头上，有渡船定期开往对岸的马鞍山，除了渡船，还有小艇出租，供消闲之用，当年的崇基健儿，于是个个都成了划艇高手。在大学四年，每逢上下午皆有课，而中间有空档时，附近既没有新城市广场可供溜达，于是钻空子"扒艇仔"就成了最佳娱乐。当年激流失桨、英雄救美的故事，时有所闻，但真正遇险的意外，从未发生，反而制造了不少拍拖良机。崇基历来多校园姻缘，这碧海泛舟的浪漫情调，想必是主因之一吧！

在没有电气火车的日子，于铁路上乘搭座位狭窄、设备简陋的旧火车，一路汽笛呜呜，穿山越洞而去，也是一种乐趣。那时候，车厢前后都设有平台，下附梯阶，供人上落之用。一节节车厢就靠小平台之间的铁链钩在一起。平台上设有围栏，高不及腰，人挤的时候，年轻学子都不肯老老实实待在车厢里，偏要站在车外的平台上。每逢车速加快，路轨急转，往往摇摇晃晃，险象环生，但是泰半时候，车行不徐不急，摆动有致，站在平台上，车外的景色，一览无遗。如今大厦林立、公路交错的沙田，当年只是一条小村，铁路所经之处，一边是田，一边是海。清晨时水清草绿,旭日初升;傍晚时归帆点点,夕照灿烂,那种身心净涤、俗嚣尽去的感觉,迄今难忘。

火车穿越山洞又别有一番滋味。山洞既没有照明,车上也没有灯火,于是一进入狮子山隧道,就变得漆黑一片,伸手不见五指。旧式火车在黑黝黝的山洞里,起码得爬行三分钟之久,这时站在平台上,但觉耳际车声隆隆,凉风习习,既紧张又刺激。身旁是一个个熟悉或不熟悉的同窗,大家屏息静气,凝神以待。恍惚中,恰似进入了时光隧道,只觉混混沌沌,既不知身在何处,也不知此行何往,唯有凝望着远处一线微光,向前奔驰而去。不久,微光渐增,终于形成一框黄晕,此时,轰然一声,巨龙飞蹿而出,眼前顿觉天辽地阔,豁然开朗,黑暗过后,终于重见光明了。

当年报考崇基,为争胜好强,偏选读把握不大的外文系,却在中文作文比赛中得了冠军。文章很短,寥寥数百字,以"生活在崇基,像生活在诗中"为起首;以"生活在崇基,有前途、有希望"为结尾。也许,就为了"前途"与"希望",使我在当年的崇基、日后的中大依恋不去,久留迄今。

追思往昔,生活中充满了挑战,大学时期学习生涯既艰苦辛劳,又乐趣无穷,每当克服困难时,更感到无比欣慰,其中甘苦,一言难尽,此文记下的,只是当年崇基生活中最使人津津乐道、念念不忘的浓浓诗情。

1997年7月2日初稿
2023年4月16日修订

这个人是谁

这个人是谁？跟我到底有什么关系？为什么看起来似近而远，似亲犹疏，似熟还生？何以一个年轻女孩当年的一念一息、一举一动，竟会决定了今时今日的我毕生的命运？

面对着一大堆微微泛黄的书信，按照信封的邮戳一封封打开细看，一个尘封遥远的世界，在记忆深处慢慢浮现出来，似塘中泛起的涟漪，窗外飘来的飞絮，一串串、一片片展示眼前，连接的惊喜，不断的追寻——这个人是我吗？她见过的人、欠过的情、尝过的乐、受过的苦、做过的事、去过的地方，为什么有的记忆犹新，有的遗忘殆尽？原来记忆真是不知不觉经过筛选的，在追忆所及星光灿烂的亮点之后，竟然还有这么一大片朦胧暗淡、没入忘乡的夜空！

这批信，是我1963至1965负笈美国时写给爸妈的家书。记得老爸老妈九十出头那年，他们住所还经过一次大装修，两老忙着清理杂物，把多余衣物送的送，丢的丢；旧信账单撕的撕，毁的毁。还以为我的信早已不知去向，谁知道他们去世后，在遗物中竟然发现这批信还整整齐齐原封不动地珍藏着。当时未及细看，就一大包拿回家来束之高阁。多年过去了，平日里忙忙碌碌，哪会有闲情去翻阅这些陈年旧函呢？

疫情肆虐期间，幽居斗室，百无聊赖，一日在家中东翻翻西看看，打开柜子，瞥见这批函件和爸妈的回邮，当下如获至宝，忍不住细阅起来。一开始，停不了，那厚厚一叠信一封封追看下去，时光倒流，旧梦重温，霎那间，仿佛又回到了早已失落的国度，再次经历了青春时代的喜与忧、乐与怒、憧憬与期盼、忐忑与烦愁。

那年头风气使然，大学毕业了都想出国，然而出国留学谈何容易，那一大笔旅费学费生活费可难以对付。当年在香港崇基学院英文系毕业，进入亚细亚石油公司工作，一年之后获得美国大学的助学金，就摒挡一切，执意上路了。

其实，那时已有了稳定的工作、可靠的男友，原本可以留在香港，安享父母的庇佑、爱侣的守护，却不知是上进心强，还是好胜心切，竟然宁愿抛开一切，远涉重洋去只身闯天涯。

20世纪60年代出国可是件大事，事前父母努力打点张罗，筹备行装；临行亲朋戚友都赶到启德机场去送别。记得那天第一次坐飞机出远门，孤零零瘦削削一个，左手拿着打字机，右手挽着化妆箱（如今回想，这又要来何用？是为了女儿家出门以壮行色吗？），身上背着一个大手袋，腋下夹着一件呢大衣，浑身沉甸甸勉力往向前行，还没走到机舱口，眼泪已经扑簌簌往下流。此去经年，那时候谁都不会隔三五个月就轻松回家度个假，也付不起昂贵费用打长途电话，倘若思家心切，唯有靠鸿雁往返万里传书了。

那批信，历时两年，一共有好几百封。原本自以为这辈子毫无理财观念，翻看旧函，才发现那时涉世未深的自己，居然很会撙节用度，时常在信里提到省钱之道。也难怪，一开始，飘飘然来大学报到，老爸的说法在耳旁回荡：“你去**金**元王国（美国）**圣**路易**华**盛顿大学念书，跟你的名字息息相关，这是命中注定的缘分！"于是，一切似乎都染上了玫瑰金色的浪漫幻彩。没多久，却尝到了独立生活必须量入为出、精打细算的滋味了。带去的300美金，付了135元宿舍按金，加上每天的膳食费、日用品费、书籍文具及邮费，不出几天，已经所剩无几。当时有个台北来念化工系的女孩石，她家境富裕，性情开朗，兴冲冲指点我说，"在美国身上是不必带钱的，钱都存在银行里，要用时开张支票就行了"。她竭力怂恿我像她一般去银行开个上千元存款的户头，我只好唯唯诺诺，不置可否，转头把用剩的几十美元悄悄塞在枕头下，静待一个月后助学金出粮的时候。

留美两载，第一年住宿舍，为了学好英文，跟两个美国女孩同房。第二年，宿舍需要整修，也为了省钱，于是就跟两位台北来的女孩——念化工的石和念卫生工程的廖，一起搬到学校附近的公寓居住。三个女生，同住一层楼，每逢月初，各放90美元在一个铁罐里，每星期上超市买菜，就往罐头里掏钱。上超市，当然是日常生活中一件大事，在美国没有汽车是寸步难行的，所幸隔壁住了两位大姐黄与张，她们已经来美数年了，拥有一辆后座踩脚地方有个窟窿的老爷车，每次出行，恰好带上我们这三个毛丫头，只要我们上车后小心翼翼不把脚伸到洞里去就行了。从超市回来，大包小包的，满载而归，当时我们住在三楼，要把战利品搬回公寓，重的牛奶罐头之类由两位理工科高材生全力包办，轻的如纸张胶布则由手无缚鸡之力的我拉扯上楼。

跟石、廖两位室友同住，一星期六天三人轮流做饭，每逢星期日，则因她们要去教堂礼拜，午饭甚至晚餐常由我独立操持。多年后，我们每逢长途电话聊天叙旧，她俩坚持不信我当年竟有此能耐，如今翻看旧信，才发现证据确凿，有书为凭。原本在家时，因老爸思想前卫，举措新潮，一向重女轻男；老妈则笃信女儿当自强，读书最要紧，从来不让我进厨房，不必我做家务。没想到来了美国，因生活所需，竟会不时凭记忆胡乱凑出四菜一汤，偶尔还够胆请老外来做客品尝。"拿手好菜是干烧明虾"，我在信里洋洋自得向父母吹嘘，并宣称日后回家要恪尽孝道，为他们下厨分劳。话虽如此，学成返港之后又故态复萌，一头钻进教书工作，自此与厨房绝缘。多年后，自己儿女成长，绝不相信我能做菜，并时常调侃说，从小到大尝过老妈厨艺的次数，不用十根手指就数得完。

烹饪如是，缝纫又是另一个故事。中学时台北一女中，不论刺绣编织，都是妈妈代劳，蒙混过关的。来了美国，发现饭堂里的牛奶，一开笼头就哗啦啦溢出，任喝无妨，简直比香港的自来水还流得畅快，谁叫香港当时还在制水呢？于是，在那仍未崇尚唯瘦为美的时代，日饮鲜奶三杯，体重由初到美国的88磅暴升到102磅，带去的衣裙都无法再穿，那11件旗袍更撑不下了。由于不舍得花钱，1964年暑假去科罗拉多打暑期工教中文时，除了把旧衣修改放大，居然还从圣路易公寓中带去旧窗帘一幅，央请教授夫人代为剪裁，自己亲力亲为缝了一件衣服！看到这封信的内容，除了马上想起《乱世佳人》中郝思嘉色诱白瑞德那经典一幕之外，不由得也大吃一惊！这个人难道是自己吗？不但如此，当年的我更曾大发宏愿，在课余到处向人讨教，千辛万苦完成了一件生平唯一手织的毛衣，献给妈妈当作生日礼物。多年后翻译《傅雷家书》和《海隅逐客》等名著时，译了又改，改了再译，十次八次，不厌其烦，那过程，每每使我想起当年在圣路易秘密练兵，悄悄为妈妈编织毛衣拆了又改，改了又拆的情景。

人的际遇，十分玄妙，当年若不是邂逅好友石与廖，我的留学生活不会如此单纯——每日里除了念书就是念书。我们同进同出，彼此扶持，不知道寂寞孤单为何物。当年的旅美学界，多的是各式各类的派对聚会，我们每次出席，都由张、黄两位大姐领队，她俩如母鸡守护小鸡般照看我们，晚饭一过，就五人同行，全身以退，连一次舞会都没有参加过。廖当年也已有固定男友在瑞士攻读，因此我们立意固守阵地，坚壁清野，不让任何诱惑近身。

两年过去，该是学成返港的时候了。亚洲学系的主任与教授竭力挽留，说是只要我点头，就可以让我继续攻读博士学位或独当一面当讲师，每年约有七千多美元薪水，这个优渥的待遇，对别人来说，可是求之不得；对我来说，也是天文数字。但我当时去意已决，辜负了系方一番美意，让他们大失所望，觉得我不识好歹，不堪造就。那一批信里，充满了彷徨与忧虑、烦躁与不安，深恐因此得罪教授，拿不到硕士学位无功而返，白白让两年光阴化作东流水。

如今回想，当年的一个坚持，一个决定，差之毫厘，失之千里。假如选择留下了，不知道是祸是福，多半会成为於梨华小说中另一个角色吧！（这位早年旅美文学代言者在美于2020年染疫身亡，令人唏嘘！）但是这个人绝不会是现在的我——一个和睦家庭里的受宠者，一个漫长译道上的拓荒人！

展信细阅，竟然看得累眼昏花了，那批信当年是写给爸妈的，为什么毫不体恤，为了省点邮费，写的都是蝇头小字？转念一想，以年龄来说，那时的爸妈，比起现在的自己，实在算不了什么啊！

2020年5月4日初稿
2023年2月22日修订

在救世军宿舍的日子

翻看张爱玲受人称道的散文《忆胡适之》，文章很长，详述了两人之间的交往过从，然而最使我入目不忘的，却是其中一段描绘："炎樱有认识的人住过一个职业女子宿舍，我也就搬了去住。是救世军办的，救世军是出名救济贫民的，谁听见了都会骇笑，就连住在那里的女孩子们提起来也都讪讪的嗤笑着。"

救世军宿舍，原来张爱玲也住过？太感同身受了。忆起了那段不同寻常的日子，我不由得心底有点颤动，是在骇笑，还是偷偷地嗤笑？

不是张迷，没去深究张爱玲到底是何年何月住进这宿舍的，反正，一名女子，虽然在本地已经有了相当工作经验或地位，突然抛开一切，孑然一身跑到外国去，不管是求学或打拼，在无依无靠的状态下独闯天下，日子总是不好过的。

很多很多年前的一个十月天，我从香港中文大学执教岗位暂歇，趁Sabbatical Leave之便，拿了法国政府的奖学金，只身跑到巴黎去进修。原本以为，留学生涯，早已在美国圣路易华盛顿大学念硕士时尝过，没什么了不得，总有决心和毅力挨过去，谁想到这美利坚和法兰西，虽说都由欧美人士立国，隔了一个大西洋，在典章制度，风土人情上，就天南地北，大不相同了呢？

刚到巴黎的第一天，因为飞机班次早，清晨六点多就抵达了，校方虽答应了派员来接机，但爱熬夜晚起的巴黎人自然不会一大早就跑到机场来，左等右等不见人影，只好自己一人拉着两个大皮箱一个手提包，坐上机场巴士，跑到城里的外国学生中心去报到。到了位于城南的目的地，一看门外的阵势，不免倒抽一口冷气！原来，自四面八方而来的欧亚澳非各路英雄，早已聚集在此，以"打蛇饼"（粤语）的方式，把建筑物绕场三匝，团团围住。且不说办手续要等多久了，巴黎不同美国，连名闻遐迩的索邦大学也不提供宿舍，报到后的住宿问题，仍毫无着落呢！焦虑中瞥到前面有人手执一纸，上面似乎有几个居所的电话号码，问他借来一看，说是可以打电话去询问能否收容，先到先得，于是，急忙拜托排在后面陌不相识的韩国女孩，请她代为看管两个大皮箱，自己匆匆跑去电话亭碰运气。

那年头，在巴黎公众电话亭打个电话，可是一绝。街头一列电话亭，四个里头三个是坏的，好不容易找到一个没有失灵的，掏出一把镍币，逐个逐个地加进小孔去，一面耐心等候懒洋洋的巴黎人来接电话，接通了，结结巴巴地用法文询问对方有没有住宿的空位，对方根本不耐烦听，一句"C'est plein"（满了），就

"啪"的一声挂上了。于是,又得重新开始,再拨打另外一个电话。如此周而复始,次次不得要领,不一会,镍币用光了,于是只好愣愣地望着电话筒发呆,一筹莫展地跑回学生中心去插入长蛇阵。

当天晚上,勉强找到一家小旅馆去暂住,旅馆中有个只可容纳行李的小电梯,两个大箱子塞进去了,住客自己可得攀四层楼梯,爬到一个黑黝黝的小房间来容身。这样耗了好几天,吃不下睡不着,寻寻觅觅。一日,喜讯从天而降,终于找到住宿的地方了——Palais de la Femme,一所位于巴黎东部的救世军宿舍!

Palais de la Femme,译成中文是"妇女宫""女儿宫",或"红袖""巾帼""粉黛"宫,名字可香艳了,简直引人浮想联翩,然而这宿舍到底是啥模样?只有亲身领教过才知道原来这么名不副实。

"妇女宫"是一座老旧建筑物,位于巴黎十一区沙洪路94号,从市中心过去,要转好几个地铁站才到。这栋房子,据说第一次世界大战时曾经是家医院,1926年改建为宿舍,专门收容中下阶层的贫苦大众。宿舍很大,共有六层楼六百多间白鸽笼,住了六百多个由法国外省或世界各地前来巴黎寻梦的女子。

初来乍到的那天,外面天色阴沉沉,室内环境冷漠漠,接洽的是个面无表情的矮个儿老妇人,一身军装倒是穿得煞有介事。她面色凝重地递给我一大堆表格规章之类的东西,训诫我在宿舍里要守规矩,并告诉我分配在692号房,那就表示天天得在没有电梯的宿舍里爬上爬下六层楼了。

房间很小,正对着楼梯口。室内只有一床,一桌,一椅。推开门,几乎可以直接跳到床上。洗手间是公用的,设在走廊尽头。那天晚上，搬家搬累了，可硬是辗转难眠，唯有开了台灯看书，直到午夜前后才朦胧睡去。正在慢慢进入梦乡，忽然听到"嘎嘎"两声，有谁在开房门，冷不防一个庞然巨物闯现在床前，一张狰狞的大脸，正目光炯炯地从上往下俯瞰着睡梦中的我，"Who's that?"听见自己在尖声高叫，情急之下，说的是英文，不是法文。"你不记得关灯！过了十二点就不许开灯。"对方吼着，原来是住在对门的管事老太婆。

第二天早上起来，睡眼惺忪地去洗手间梳洗，刚回到房间，对门老太婆又一脚窜进来，一手揪着我耳朵往后拽，一面扯开嗓门大声吼："Allez, allez, il faut faire le lit!"（"喂！喂！你得铺床呀！"）一辈子从来没有受过这样的侮辱，是可忍孰不可忍？我不知道当年唐伯虎为了秋香屈身为奴到底是什么味道，这次自己山长水远地跑到巴黎来进修，书还没读，蜗居在救世军宿舍受到这种待遇，到底是所为何事啊？一气之下，我噼里啪啦冲口而出："你干吗呀？我当然会铺床的，刚起身去梳洗么！我又不是小孩，我，我是在大学教书的，教书的……"连珠炮似的一大串，是我到了巴黎之后，法文说得最多最没有顾忌的一次。

那天之后，发现妇女宫里，所有管事的都有军阶，我可不记得对门老太婆是什么来头，反正自从那天我冒火之后，她的态度变得稍微收敛些了。张爱玲在文章里说，救世军宿舍里"管事的老姑娘都称中尉少校"，餐厅里做事的有流浪汉，有酒鬼，客厅是黑洞洞的，"空空落落放着些旧沙发"，这些场景，似曾相识，当年胡适之来访，看了"还直赞这地方很好"，于是，张爱玲说：

"还是我们中国人有涵养。"读到这段,不由得使我哑然失笑。

至于这所位于巴黎东部的救世军宿舍,到底称不称得上"地方很好",生活在里头又滋味如何?

搬入巴黎东部救世军宿舍"妇女宫"时,已经是10月中了,深秋季节,天色灰暗,寒风嗖嗖,而且经常下雨,路上都是湿漉漉的,布满了秽物,当地人爱狗如命,放狗时任由宠物到处排泄,所以走路时一不小心,就会踩中"地雷",每天进出宿舍时,都得垂头注目,一面走一面盯着地下瞧,原本昂首阔步的姿态,早已随着身份环境的转变,在异乡消失得无影无踪了。

"妇女宫"中的设备,与"宫"字毫无关联,简直风马牛不相及。宿舍中的卧室固然小如鸽笼,那公用的洗手间加浴室,更是奇葩!洗手间的马桶一概没有厕板,不知道是年久失修,还是故意拆除,因此变成了非坐厕非蹲厕的怪胎,叫人如厕时必须使出一点坐"空气凳"的特异功能。幸好当时年轻,腿力还没衰退,勉强可以应付得来。那浴室的水龙头,是个特殊装置,左按右按不出水,原来水掣藏在背后的隐蔽处,必须用手大力去压,方见半冷不热的涓涓细流,袅袅弱弱地慢慢而降,当然,手停水停,如要冲凉洗头,必须得练就一手继续按水掣,一手尽快勤冲洗的本领,于是,每一次沐浴折腾下来,虽然筋疲力尽,倒也不免有点完成壮举的踌躇满志。这澡还不是随时可以洗的,宿舍里明文规定,每日使用时间有所限制,星期天安息日更不准洗,令人不得不隐隐想起,法国香水的来缘与国民洗澡习惯息息相关的传闻。

刚到巴黎时,托了各位香港好友的福,把他们在花都的朋友介绍给我，让我万一需要时有个依靠。这些朋友一个在城南，一个在城北，一个在西郊，而我住在城东救世军宿舍，在那没有计算机、没有手机的年代，要保持联络绝非易事。偶尔想打个电话，问题就来了。原来整个"妇女宫"六百多名寄宿者，一共只有两个设在大门口的公共电话。其中一个，我搬进时坏了，到我三个月后搬走时，仍然没有修好。另外一个，成为奇货可居的大宝贝、众人瞩目的抢手物，每当黄昏后晚餐毕，需要跟外界联络的当口，这独一无二的电话后面，就排起了长长的人龙，高矮肥瘦，不一而足，各怀不同的目的，来此共度训练耐性的大好时光。风起了，雾重了，轮候大军依然以龟速慢慢蜿蜒向前，不知道经过了多少光阴，几许等待，终于熬出了头，挨到队伍的顶端，只有一个女孩在前面了。这时候，忽听得传来一叠声娇喘软语，"Oh, mon chéri, tu me manques, Je t'aime, je t'aime!"（"哦！亲爱的，想你了，我爱你，我爱你！"）天哪！原来她在隔空情话绵绵！这威力无穷的媚态哆功，一发作起来，可真是春花秋月何时了啊！越着急，时间过得越慢，如此光景，唯有安慰自己，这不正是学习法语的好机会吗？可惜的是，倾耳聆听之际，除了听到断断续续的话语，还夹杂着一连串娇喘声、嬉笑声、叹息声，真是学了也没啥长进呀！就这样，足足再等上好几十分钟，终于碰到电话筒了。

住在这宿舍，万一外头的亲友有急事，必须来电找人又如何呢？管事老太婆（啊呀，应该尊称为中尉或少校才对）的办公室里有个电话，只可打进不可打出，收到来电，通知当事人的做法，可别创一格，那是用扩音器大声广播来传达的。例如我住在

692号房，大喇叭里放出来的讯息就是法文的"注意注意，六百九十二号房，有电话！"最糟的是法文的数目字，特别复杂，从1数到60还可以，60之后，数法就别出心裁了。70叫"soixante-dix"（即60加10），80叫"quatre-vingts"（即4个20），90叫作"quatre-vingt-dix"（即4个20加10），因此，办公室放喇叭传讯息时，要知道是否在叫自己的号房，就得耐心地等候——等听完了"六百加四个二十加十二号"，才能确认无误。"妇女宫"里这种没日没夜随时响彻全宿舍的广播，为了生怕错过，每一次都得侧耳倾听，令人神经绷得紧紧的放松不了，回想起来，可真有点置身集中营的况味。

宿舍里唯一最令人宽慰的待遇，还是每天清晨时分供应的早餐。原来住在"妇女宫"里的，都是些低下阶层的卖花女、售货员等，一早就得起身赶上班，这顿早餐总得吃得饱饱的才有力气。早餐设在大厅里，热气腾腾的牛奶，加上新鲜出炉的Baguette，让人食指大动。一群睡眼惺忪的女子，默默交了钱，排上队，端好盘子，就鱼贯向前走；管事的那一列胖大妈，威风凛凛站在长台后，一面快速倒牛奶分面包，一面不停地朝前挥手，就像赶鸭子赶羊群似的，放开喉咙大声吆喝着："Avancez, avancez!"（"向前走，向前走！"）这光景似曾相识，使人想起战乱中或灾情后，灾民在陋街上排队领取救济品的惯见场面。

搬进宿舍后过了一段时日，寒冬莅临，气温骤降，好几天跌到零下，偏偏这时候"妇女宫"里的暖气停摆了，让原本已经冷冰冰的地方，更显得寒气逼人！在这种温度底下生存，必须要有点超高的耐力，否则，人在室内，勉强读书写字，坐也不是站也不是，日子是很难熬的。一晚，看见管事大娘，忍不住问她大概几时暖气会修好，她回以一个招牌的法式动作，头一仰，眼一眯，口里吐出连串"Oh la-la, la-la, la-la"，意即表示"这事儿？天知道！"接着，她又好像忽然省起，这可不是作威作福的好机会吗？于是，顷刻间两眼发光，神气活现指着我鼻子说："Comme ça, c'est très bien pour faire de la gymnastique!"（"没暖气，正适合好好做体操呀！"）听完训示，我噔噔噔跑上六楼，在窄小的房间里尝试做体操，"一二，一二"，做了一会，没啥功效，手脚还是硬绷绷、冷僵僵的，于是只好上床睡觉，把箱子里带来的厚衣服，统统翻出来盖在薄薄的被子上。

原来，在巴黎过日子，尤其是生活在救世军宿舍里，最早学会的两个法文词语，都跟介词"en"有关。一个是"en panne"（音"昂班那"，意"失灵了"）；一个是"en grève"（音"昂格雷弗"，意"罢工了"）。不管是暖气故障、电话失修，或地铁因罢工而停顿，大家都司空见惯，习以为常了："昂班那"？摊一摊手；"昂格雷弗"？耸一耸肩，谁在乎？！

于是，风继续吹，塞纳河继续潺潺流动，这六百多名"妇女宫"里的寄宿者，继续日出而作，忙忙碌碌，为生活奔波打拼，就如巴黎各处，那大街小巷中每日里肩上扛着Baguette匆匆步过、川流不息的人群。

2022年8月8日

拐　杖

"啪"的一声，一不小心又把拐杖摔在地上了，还不是木板，是砖地，叫我心疼不已，生怕摔坏了那手柄的地方。这拐杖精致玲珑，杖很细巧，柄很圆顺，那柄握在手里，温润如玉，颜色晶莹剔透，好似琥珀一般。

不知道自从那一天开始，这原来属于妈妈，早已安躺一隅的拐杖，居然从退役之处给奉召到前线来了。征召的过程并不简单，先得请教老佣人有关它告老还乡的去处，再得翻箱倒箧折腾一番，才把它给施施然请出来。所幸时隔多年，它倒是历久弥新，还是这么灵巧，这么合用，只是岁月匆匆，不老之物，遇上易老之人，已经换了一代主子了。

这拐杖可是颇有来历的。

有一年，隆冬时分，行走在东京银座的街头。当时一心只想在那时尚集中的地方找到一件鲜红的外套，可以在过年过节或喜庆场合穿着。中国人喜欢红，对日韩等地在婚宴上穿黑着白的习俗，觉得简直不可思议。那时候，明明衣柜里已经有好几件红衣了，想着又要快召开什么会议了，参加什么讲座了，一件新的红色战衣，倒是不可或缺的呀！正走着，忽然迎面来了一位银发亮丽、仪容端庄的老太太，走得很慢很优雅，引人注目的除了一身典雅的套装，还有手上那根纤丽的拐杖。只见她一杖在手，并不显得老态龙钟，那拐杖恰似与整体打扮融洽无间的搭配物。

"这可是我遍找不获的宝贝了！"当下不由得在心中暗喜。那年头，妈妈已经迈入松柏之岁，年轻时步履矫健的她，再也不能随心所欲地到处行走了。总怕她年迈体弱，会不慎摔跤，叮嘱她出门带根拐杖，偏偏她好胜又倔强，唠叨了半天，只肯拿把雨伞扮手杖。然而合拢的雨伞，伞头滑，伞柄粗，长短不配合，拿了只不过聊备一格自我安慰罢了，到节骨眼上哪里派得了用场？于是，我由我规劝，她由她拿伞，日子就在一人啰唆一人执拗的状态下，一天一天地过。

那天，在人来人往的银座街头，忽然让我看到了那根纤巧秀丽的拐杖，不知哪里来的勇气，我冲上前去，张口就对着老太太用蹩脚零碎的日语发问，"可几啦瓦"（这个），我指着她的拐杖，"多可诶一开马斯？"（去哪里？）她看来有点吃惊，但仍然保持礼貌微微笑着，"噢嘎桑，噢嘎桑"（母亲，母亲），我结结巴巴之余，又加上了指手画脚，她看似明白了，于是点点头，并示意要我跟着她走。我们两人一前一后穿过了几个街口，老太太一路不停回望，看看我有没有跟着，让我在冬日的寒风中感受到丝丝暖意。终于来到一个商场，她拾阶而上，带我到一家小店的门口，向我含笑致意，似乎在说，"就是这里了"，然后才转身离去。

这是家专卖拐杖的小店，款式繁多，色彩缤纷。我选了一把跟那位老太太手上相似的绛红色拐杖，店员小心翼翼用有限的英语和我沟通，一听是买给妈妈的，他就很认真用手比划，想知道她的身量有多高，然后努力示范用法。原来，这日本制造的手杖是可以调校长短的，不但如此，不用时还可以折叠起来，放在手袋里轻巧简便，易于携带。

回港后，这拐杖就成为了妈妈的随身宝，从此须臾不离。妈妈出身于上虞乡绅之家，自幼养成了良好的品味，后来虽然经历了那一代人的战乱频仍，颠沛流离，但对生活仍有要求。衣着虽不赶时髦，却必须搭配得宜。这一根红底银花的手杖，精致秀丽，既很实用，又不累赘，使她不再抗拒。爱美的人大概都一样，几年后重游日本，又买了一根紫绿相间的手杖送给齐邦媛教授，闻说优雅的她也欣然用上了。

此后的日子，虽有佣人陪同，妈妈上街购物，带着拐杖；打牌散心，带着拐杖；求医看病，带着拐杖；探访亲友，也带着拐杖。最开心的，当然是每周末让女儿女婿陪同出外午膳共聚的时刻。两老上了年纪之后，根本不想到处尝鲜，只想平平安安跟小辈相聚，同一地点同一菜单，就是最有安全感最令人愉悦的选择。于是，那开设在美丽华商场的"香港老饭店"，就成了每周必到之处。从地下缓缓上去，首先看到的是刘海粟题写的招牌，进了门，老爸忙于跟熟悉的伙计打招呼，老妈挂着拐杖在后跟着。到了预先留座的位子，张罗两老坐下，妈妈必定先慎而重之嘱咐佣人把至爱的拐杖好好平放在落地的窗台上，才放下心来。须臾开餐，桌上，是熟悉的精致点心、美味佳肴；窗外，则随着季节变化迎来冬日的暖阳或夏天的浓荫。两老含笑开怀，其乐融融。如今想来，那该是他们每周最殷殷期盼的时刻。

这样的日子过了很久，父母终于相继归去，是妈妈先走的。她留下了很多衣物，都已经先后送人，唯有这根拐杖，曾经让她终日依靠，从不离身，又怎忍断然舍弃？拐杖上带有妈妈的手泽，握着手柄，就如同握着妈妈的手，顿觉母女连心，似乎还可以感受到她正待在身边对我细心呵护。

她留下的拐杖，完整无缺，象征着她那岁月静好的晚年；而今留待我偶尔使用时，却不小心给摔了几次，手柄上居然出现了一些花痕，难道是妈妈在告诉我，当下世态纷扰，必须宁心静气，自求多福吗？

2019年10月2日

父亲节念父亲
——记我那无可救药唯美浪漫派老爸

"谈起爸爸,能想起的形容词——伟岸,严厉,慈爱,沉默,大山……"这是某周报在一堆父亲节感言前所加的编辑按语,看了不禁哑然失笑。以老爸对我来说,这些词汇,除了"慈爱"之外,简直一个也用不上。不!连"慈爱"也不合用,根本是"溺爱"才对!虽然"溺爱"是个动词,不是形容词。

生长于许多年前的上海,自小到大,我从未尝过传统家庭里重男轻女的滋味,我没有姐妹,只有两个较我年长不少的哥哥,自一出世,就是爸爸心目中千盼万望才得来的"囡王",闹不得,骂不得!从来只有我对爸爸发脾气,没有爸爸对我疾言厉色的时候。老爸一点也不可怕,倒是妈妈很有威严。记得有一回妈妈返乡省亲去了,那一个月,我几乎可以天天不读书,每晚跟着老爸到处串门子,快活得很!到我长大成人了,妈妈还不时提醒老伴:"这孩子,要不是我从小管得严,早就给你宠得不成样子了!"

其实，由于我自小体弱，生过几场如白喉、肾脏炎、百日咳等大病，所以父母对我特别呵护，凡事都很放任。老爸总是紧张的叮嘱："你可不要考第一名，读书过得去就可以了，眼睛最要紧，要好好保护，千万不要变近视，你那'桂圆眼'变成'眯起眼'就糟了！"我在小学偶尔考个第一时，他又忘了自己说过什么，到处去宣扬"女儿老是考第一"了，让小时的我感到很难为情。

生活在十里洋场的大上海，虽然出身上虞乡绅之家，也没进过洋学堂，爸爸可是个十分时髦先进的开明派，不但喜欢穿西装、吃西餐，在朋友游说下投资开设新派西餐馆"金谷饭店"，还有兴趣在上海孤岛时期筹组民华影业公司，于1940年一掷千金开拍创业巨献《孔夫子》。还记得他跟电影界、戏剧界的朋友相熟，常带我出入名伶巨星的厅堂，什么梅兰芳、金少山、周璇、金焰、刘琼、石挥等名字，不停在耳边荡漾。我唯一的姑姑出嫁时，在爸爸的统筹下，排场可不小，20世纪40年代的婚礼，不但披婚纱、奏西乐，还要来个新娘步入礼堂的洋仪式。小不点的我，担当花童重任，爸爸特地请来费穆当导演，记得费大导亲自示范，一面牵着我，一面嘴里哼着结婚进行曲："5-1-1-1，5-2-7-1"，教我在甬道上向左右两边撒玫瑰花瓣时，记得要按照音乐节拍"走三步，停一步"！

记忆中，爸爸对美丽的人、事、物都很着重，对于物质钱财却一点观念都没有。小时候为了哄我第一次去看牙医，他给我的礼物是一个绛红色的小盒，里面装了一方别致的玛瑙印章，从来没想过给个什么红包之类的俗物。1949年从上海搬去台北后,时代变色,家财散尽,爸爸除了应邀出任"鲜大王"酱油厂经理之外,也曾跟朋友合伙开设了一家"城中夜花园",园中供应冷饮,播放音乐,让人于工余之暇,在露天花园中跳舞怡情。可是在那风气闭塞、条件落后的年代,那么一处新颖的场所,要吸引顾客光临,谈何容易?加上台北多雨,老天一不赏脸,泼下水来,那晚的生意就泡汤了。记得有一晚,阵雨刚停,园中无人,生意没了,四周的彩灯还一闪一闪亮着,在湿漉漉的地上映出倒影,像是点点繁星,老爸带着我,兴奋地教我跳华尔兹,随着《蓝色多瑙河》的音乐转圈,嘴里不停地念着"嘭—擦—擦;嘭—擦—擦",转呀转的,一大一小乐不可支,早已浑忘生意的亏损了!

不久,台北生意做不下去了,爸爸只身跑到香港去打拼。那些年他的辛劳我一无所知,只知道他在当地为女儿想方设法跟相熟的明星讨签名照,还得附有上款,好让念北一女初中的我,带到课室里去向同学献宝炫耀。数十年后翻开重看,我还是给当年老爸的冲劲触动了,那洋洋数十张照片,包括了李丽华、周曼华、白光、尤敏、葛兰、钟情、林翠、张仲文、欧阳莎菲、严俊等,几乎囊括了当年所有炙手可热的明星,最神奇的是,居然还有主演《乱世佳人》的克拉克·盖博(Clark Gable),传奇小生詹姆斯·迪恩(港译占士甸)(James Dean),和美艳红星艾娃·加德纳(Ava Gardner)的亲笔签名照,真不知道爸爸是费了多大劲,花了多少时间,通过什么样的关系,才替我一张张搜罗得来的!

老爸初到香港时,可能还想从事与影剧有关的工作,记得他曾经带我去邵氏片场看杜鹃拍摄《红娘》，去姚克家排练《清宫怨》。浪漫成性的他，曾经为了投资电影亏损无数，但是对当年无私的付出依然无悔无怨，毫不介怀，因为他深信，人类应走在"向上"和"向善"的路上，而电影就是"导上"和"导善"最有效的工具。拍摄《孔夫子》时，他尊重费穆对艺术的执着，为了拍好效果，不惜让整个摄制队出外景时空耗着，只是为了等一片云、一场雪！都说拍电影是可以倾家荡产的玩意，年轻的制片家为了认同名导演，竟然可以不惜工本"烧钞票"，别人8000元拍一部戏，《孔夫子》落成时足足花了16万！难怪如今他的外孙曾孙一说起《孔夫子》就摇头摆脑大大叹息一番："唉！公公（太公公）要是当年没拍电影，去买下几条街就好了，那我们现在就发达啰！"

当年爸爸自己先来香港，随后立定了脚跟，再接我和妈妈自台来港团聚。经过多年尝试，爸爸终于放弃了他的电影梦，从事了保险行业。那年头，社会风气保守，从事保险，尤其是人寿保险，是吃力不讨好的工作，谁愿意跟外人无端端讨论自己的身后事呢？再者，当年的香港，还不像如今一般高楼大厦遍地拔起，多的是没有电梯没有冷气的唐楼，为了推销生意，爸爸几乎天天要在各处唐楼里来来回回，奔上跑下，弄得汗流浃背，气喘如牛，好不容易才做成一笔生意。不过，天性乐观的他，倒是能屈能伸，一点也不以为苦，主要的原因是他思想先进，认为这份工作不但可以养妻活儿，更可劝人对家庭负责，对子女负责，是十分有意义的事情，因此不但乐在其中，而且干得有声有色，每次推销成功，就会带我和妈妈去雄鸡饭店或车厘可夫大吃一顿西餐来庆祝，尽管我那性格保守的妈妈宁愿在家里吃餐咸鱼加白饭！

爸爸中年后的生活，虽不如早年般阔绰富裕，但他甘之如饴，而且对美的追求坚持不懈，始终如一。他可是比他那年代走得快一步，早就意识到男士也应护肤保养了，虽然当时所用的护肤品不过是妈妈的"旁氏冷霜"而已。爸爸每天早晚都注意洗脸洁肤的程序，妈妈老抱怨他霸占着洗手间不肯出来，走到哪里又爱照镜子。老爸长年累月注意保养的结果，让他年近百龄时，脸上仍然不见老斑。老爸自己爱美，对身边至爱的女儿，当然更要灌输美的教育，维护美的尊严了。记得有一次，他为了我跟裁缝大吵一架。当年，时装店仍不盛行，要出入光鲜，身上穿着都得靠裁缝度身定做的。一件衣服从选衣料、画式样、量身裁、试身、修改，到最后完成，是一套相当繁复的工序，裁缝做得不合尺寸不合心意而要大改特改，是常有的事。有一回，裁缝上门来试身，不知怎的，那次所做的衣服全不合身，他又死不认账，还要不断找借口为自己开脱，嘴里喃喃不绝："不关我的事啦！你自己腰身长，我根据你的身材，做出来就是这样的啰！"这时，爸爸恰好从外面回来，一进门，外衣未脱，听到裁缝这样辩驳，不禁怒从中来，不由分说冲到裁缝面前，指着他鼻子气冲冲喝道："什么？你你你说什么？"我很少见过他这么大发雷霆，大动肝火的，"我女儿腰身长？你胡说八道什么呀？有没有长眼睛啊？"原来，爸爸心目中的美人必须腰短腿长，合乎黄金比例的，而眼前，这裁缝佬不识时务，竟公然污蔑他心目中完美的女儿形象，是可忍孰不可忍？结果，裁缝给他轰了出去，从此不准上门。又有一回，那时候爸爸已经进入暮年了，有一晚身体不适，尿管阻塞，紧急状况下，呼唤救护车前来送院疏导，谁知道等到救护车到达大厦时，他已经由佣人搀扶着下楼了，门口的人员正拿着担架准备上前救护，抬头一望，不由得呆住了，脱口说道："阿伯，你做咪嘢（粤语"你做什么"）？你伊家去饮啊（粤语"喝喜酒"之意）？"原来凌晨时分，惶惶然等候救援的耄耋老人，不但衣履整齐，西装笔挺，还打了一条红领带！

老妈跟老爸性格南辕北辙，一务实一浪漫，她最看不惯爸爸喜欢干"空头事"。所谓的"空头事"，就是不为名不为利，坚持一己的信念，只求付出，不计回报的傻事。1991我出任香港翻译学会会长时，为了庆祝学会成立二十周年举办十项活动及纪念傅雷逝世二十五周年成立傅雷翻译基金，邀请傅聪来港义演一场募集款项。当时在无兵无将、没钱没势的状态下，要举办如此大型的活动，实在是有些不自量力。所幸老爸一听，劲儿就来了，不但替我加油打气，还出谋献策，将当年为推广《孔夫子》的看家本领都使了出来。他说，要推动这些，首先得找人赞助，赞助人得分钻石、翡翠、金、银等不同级别，接着，他为我动员了所有的人脉，到处去说项，包括去找苏浙同乡会、上海同乡会的诸多老友，等等。在他的不断努力之下，总算筹募到了推行各种项目所需的"启动资金"（Seed Money），使往后的一切步骤得以顺利进行。老爸当年已经八十出头，还兴冲冲地在8月酷热的骄阳下，大汗淋漓地跑到北角去，只为了替我张贴一张演奏会的宣传海报。只记得那段日子，父女二人为了这项慈善工作天天埋头商讨对策，忙得不亦乐乎，我可从来没见过老爸这么起劲去买楼或炒股票的。

如今，老爸走了13年了，一想起他，只记得他笑口常开，知足常乐的模样，心中自有一股暖流汩汩流过，使我开怀，让我坦然。爸爸留下的不是钱财，不是权势，而是他的豁达，他的开朗，他那毫不掩饰的真性情，他那对美对善追求不懈的生命力！因为他，我学会了感恩，对于日常生活中每一桩平凡而美好的事物，心存感激；因为他，我学会了赞美，对于身边的人物，每一样杰出的才具，每一件无私的善行，衷心赞赏；也因为他，使我深深明白，为了自己笃信不渝的原则与价值，只求付出、不计回报的举措，虽然傻，却又使人内心如此富足而充实！

2021年6月21日

夏日最后的玫瑰

前几天,跟青霞聊天时,忽然谈到了彼此的父母。这世上,一般人谈起子女或孙辈来,都是乐呵呵,喜滋滋的,那股得意劲儿,压都压不住,仿佛口中的心肝宝贝,不知如何聪明伶俐、与众不同,简直是天上有,地下无!至于要在闲谈中说起自家的父母,那可是只有熟朋友之间才会涉及的话题啊!

我们两谈父母谈得起劲,忍不住说到了他们各自的姻缘。青霞的父母是在时代变迁颠沛流离时邂逅的,她父亲高大威猛,还以为他必然是永远高高在上、发号施令的,谁知道她说,母亲才是家中的"权威人士"呢!至于我的爸妈,他们乃属于"父母之命,媒妁之言"盲婚哑嫁的那一代,结婚前,两人根本互不相识,从未见面,结了婚,那就是一辈子的事了。这样毫不浪漫的传统婚姻,居然悠悠长长维持了77年。

老爸跟老妈的性格南辕北辙,如果是自由恋爱的话,很难想象这样不同习惯、脾气、爱好的两个人，怎么可能生活在一起，那岂不是等于从前小学算术题中的"鸡兔同笼"了吗？偏偏这两个性情迥异的人，就这么在命运安排之下，同甘共苦相依相守了这么多年。

老爸和老妈是同乡，都是浙江上虞人。男方是大户人家的长子嫡孙，女方是旧派乡绅的黄花闺女。一个家住西河沿，一个来自东门内；一个姓"金"，一个姓"经"（用江浙话来发音，两者毫无分别），从客观条件上来说，这门婚事的确是门当户对的绝配！于是，在如今看来少不更事的18岁上，经家大小姐就顺理成章地变成了金家大少奶了。

小时候，大约六七岁的光景，妈妈曾经把她的一件嫁衣改成了我的童装，那粉红的缎子衣料柔滑细致，上面镶满了闪闪发光的水钻，美得不得了。长大后，妈妈曾经告诉过我，她出嫁时是凤冠霞帔，双手戴满纤长华丽指套的，这可让我想起古装片中新娘子的装扮来。当时心中暗忖，如果时光可以倒流，我恨不得穿梭回去，好好见识一下爸妈在乡下大屋中举行的婚嫁盛典呢！

成了亲，这两个陌不相识的大孩子到底是怎么磨合过日子的？我可想象不出来。记得妈妈一再说："侬爷刚结婚时，又黑又瘦，怎么看都看不上眼！"也许，十来岁的男孩，当时还没发育齐全吧！我爸到了二三十岁时，倒是长得相当登样的，可能也自知相貌不俗，因此养成了他一辈子爱美的习惯。

到了婆家的生活如何？婚后第三天，娇滴滴羞答答的新嫁娘就必须洗手做羹汤了。一上来，先奉命烧一道鲫鱼嵌肉丸，一屋子的老老少少都在后面观望着，小娘子不由得心惊胆战，生怕煎的鱼一翻身，就皮破肉碎，溃不成形了。原来妈妈此后的烹饪绝技就是这么磨练出来的。她的豆沙粽、金银蹄、葱油开洋等名菜，如今已成绝响，孙辈一提起婆婆的这些佳肴，至今还会流口水，同时也不免趁机数落他们的老妈一番，怎么在主持中馈一事上如此不成气候，竟然让家中秘籍失传！

当年爸妈婚后不久，新郎就到上海"学生意"去了，年轻的新娘从此就担当起伺候公婆、打点家务的重任来。也许，妈妈秉性刚毅坚强，因11岁时外婆去世，她从小生活在后母阴影下，练就了不怕吃苦，碰到越难的事越能咬紧牙关熬下去的本领。后来日本侵华，全家移居上海，我那浪漫冲动又是大影迷的老爸，出于爱国情怀，誓要为中华文化做点什么，居然跟一些志同道合的年轻朋友组织影业公司，大撒金钱拍出几部叫好不叫座的电影来。电影赚不赚钱，老爸根本没放在心上，他只管做他的老板，在外头钞票大把大把散出去；妈妈则在家中省吃俭用，一个铜板一个铜板省下来！

由于饱受战火煎熬，以及长年累月奔波辛劳，妈妈终于练成了一名不折不扣的"扬眉女子"。太平洋战争爆发，因为老父急病，她单枪匹马带着两个儿子，在兵荒马乱中越过重重封锁，从上海辗转返乡去探亲。1949年后，她又扶老携幼，从上海经天津转香港到台湾，跟已在当地就业的父亲会合。因此，在我当年幼小的心目中，总觉得妈妈是刻苦耐劳的实干派，有什么困难事、操心事，一推给妈妈，她总会务实沉稳地去解决。妈妈就是妈妈，好像跟"漂亮""打扮"等字眼，完全沾不上边，记忆中她更似乎从来没有年轻过。

1956年，我们举家搬迁来香港后，日子才慢慢安定下来，父母得以常年守在一起，那时才发现这两个妙人的生活起居、爱好习惯，实在是太天南地北了。爸爸最喜试新，凡事越新鲜越好，新开的馆子、新上的戏码，都得去尝一尝、看一看，赶个热闹；妈妈非常守旧，最得意的事，莫如家中的电冰箱、电视机，用了十几年还运行如常，可以地老天荒一直守下去。爸爸喜欢吃西餐，牛排色拉、蛋糕面包，都是不可或缺的心头爱；妈妈却是国粹派，百吃不厌的是一碗大米饭配咸鱼豆腐加白菜。爸爸喜欢照镜子，每日晨昏霸住洗手间不出来；妈妈化妆品不多，梳洗打扮只花几分钟，我小时候，她常把口红当胭脂，往我脸上涂。尽管如此，直到晚年，爸妈都很注重衣着，在爱美这一点上，两人倒颇为一致。

我的两个小家伙管公公叫"老顽童"，婆婆叫"老顽固"。顽童与顽固共处一室，矛盾冲突，无日无之。两老结婚65周年时，老爸在一本东亚银行的小日记本中寻寻觅觅，发现50年是金婚，60年是钻石婚，那65周年呢？怎么没啥特别的名堂？于是寻思一番，忽有所悟，原来两人吵吵闹闹数十载，天天"骂闹"一番，乃维系情感之良方，于是得意洋洋戏称之为"玛瑙婚"！

2006年7月10日，妈妈在家中不慎摔跤，跌断了髋骨，痛苦不堪，进出医院数次，仍无法治愈。过了不久，就到了她农历生日的时候。那天，老爸除了叫菲佣买蛋糕之外，还特别嘱咐她去买一束红玫瑰。蛋糕是必备的,庆生的老妈最怕奶油,一旁祝贺的老爸却特别爱吃。他还喜欢点蜡烛,唱生日歌。扰扰攘攘到了晚上,爸爸忽然发现佣人忘了买玫瑰,这可如何是好?看着他急得如热锅蚂蚁的模样,我匆匆在桌上找了一张纸、一支笔,悄悄跟他说,"你就自己画一下吧!"

从来也没有见过老爸作画,幸亏是画玫瑰,九十几岁老人颤巍巍的手,画起锯齿状的线条来,还有点玫瑰花瓣的样子,不一会,老爸画好了,像一幅幼儿园的儿童画,不好意思地塞给老妈看,老妈装出不屑一顾的样子,随手一放,继续看电视。不一会,两人趁小辈不觉,相视一笑,霎那间,发现两老的矛盾,原来早已在悠悠岁月中取得了统一。

记忆中老爸好像没有给老妈送过花,那年8月14日,妈妈就撒手尘寰了。7月生日那天,她从老爸手中接过的纸上玫瑰,就是一束"夏日最后的玫瑰"!

2022年6月4日

与女儿同游

"你别站在当路口,人来人往的,小心别给人撞到!"女儿一面赶着去买地铁票,一面急急忙忙在旁叮咛。望着她负荷着背囊快步疾走的身影,怎么竟有些驼了?敢情是背囊太沉了吧?除了必要杂物和那本重重的旅游书,还得带上我的暖水壶、我的太阳伞、我的冷气外套、我拿不动的种种随身物品。原来所谓的随身,不是随我的身,而是随她的身,让我需要时予取予求。

跟女儿出门同游,是期待已久的乐事。这一回,原本打算在新春期间赴泰旅游,阴差阳错,竟然延到了5月母亲节的时候;而原来计划在5月底的行程,又因为她假期难得,也就按时进行,这么一来,5月里一头一尾母女二人出了两次门,从南国游到了北地。

自由行嘛!这是当今最流行的旅游方式,年轻人谁还耐烦去跟旅游团绑手绑脚?可是带老妈自由行,这自由度就得打折扣了。行程得预先设计好，按照老妈体力精力的能耐好好调配，哪里在脚程之内可以去，哪里在偏远地方不可去，总之一日一景点，不可造次；至于哪天酷热，哪天下雨，都得预先设防；而有关沿途的路线，在哪站换线，哪站上下，则更得事先研读，精心部署。于是，自由行就在一人辛苦领军，一人懵懂相随的状态下展开了。

　　一路上，走走停停，没有时间限制，凡事随心所欲，倒也闲适，只是地铁站里那上上下下的陡峭楼梯，可不是旅游书里清楚列明的。"你站着，别动！我去看看有没有电梯！"女儿每到一站，必然要到处视察，寻找捷径，找不到电梯的时刻，就会小心翼翼地扶着我爬上爬下，以策安全。"好了，到平地了，别搀了！"为了要表示独立，我急忙宣告。感觉上，自己刚才仿佛变成了慈禧太后老佛爷出巡似的，怪不好意思！可是忙乱中又偏偏不争气，顾得了脚下，顾不了手上，进地铁站时，竟然拿出旅馆卡当成地铁票，难怪拍来拍去也不生效！

　　就如张晓风所说的"羞赧的，仿佛小孩刚做过小坏事似的"，发觉自己在笑，讪讪笑，咭咭笑，不知如何，难以自抑的笑！这表情，该不陌生吧！妈妈在生时，凡事精明干练，就是没有方向感。每次出门，该向东的必向西，该向西的必向东，百试不爽。有一回要搭地铁时，她竟然一马当先踏足扶手电梯往上走！我们大家"群起而攻之"，数落她怎么东西莫辨上下不分，记得她当时就是这样笑的！

　　尽管事前筹划周详，身在异国，人生地不熟，总也有找不到目的地的时候。大热天,日头晒,我认为最好的办法就是随街找个当地人去问路,偏生女儿喜欢在背囊里掏出旅游书大地图来细细研读,这不是消耗精力,浪费时间吗?"你爱问你去问啰!"女儿总是不太积极。于是我就自告奋勇,拍马上阵,也碰到过爱理不理的,也找到过热心带路的,跟当地人用英语交谈,夹杂几句刚学会的本地话,加上指手画脚,摇头晃脑地一轮对答,有时顺利,有时不得要领。这边厢,女儿却早已经找到路线了。"你为什么总是不敢去问路呢?"我还在为刚才的表现洋洋自得,她却回答:"不是不敢,你知道,在旅游时研究地图、自找方向,也是一种乐趣啊!"原来,这是乐趣,不是麻烦?

老伴还健在的时候,最爱旅游,有时跟团,有时自由行。他极有方向感,每到一处,无论大街小巷,只要走过一遍就牢记不忘了。要他随街问路,那可是强人所难,期期艾艾不肯就范。总嫌他性格内向,为人羞怯,谁想到原来一人的烦事,竟是另一人的乐趣呢?

有一回随旅行团去仙台旅游,一日中午时分到了一家拉面馆午餐。日本人做事特别周到执着,大队人马驾到,拉面居然还以一碗碗慢慢煮,慢慢上的。老伴坐在进门口处,拉面上一碗,他向里递一碗,口里忙说:"你们先来!你们先来!"结果团里年纪最大的是他,最后一个吃完的也是他!其他年轻的团友早在一个钟头前已经冲去大街血拼了。

曾经怪他多管闲事,太不顾自己了。这女儿的行止怎么就是他的翻版呢?在北国的地铁中,一个学生模样的年轻人埋头忙于弄手机、听耳机，下车时居然把装有信用卡的皮包漏下了。车上多的是本地人，女儿这外来客一见，却赶忙拾起，说是要好好保管，到总站时交给管理员。到了总站，渺无人迹，一个当值职员也不见，这可如何是好？怀里揣着他人的信用卡，言语不通，求救无门，难道就此为了他人的财物痴痴地耗时耗力等下去？正彷徨无计时，看到车站一角有个图书室，室内有个书生模样的年轻人，我说找他吧！果然，通过他的帮忙、传译，折腾了一番，交出了失物，终于解决了问题。母女二人又可欣然上路了。

"我在想，将心比心，假如丢了东西，也希望有个善心人会帮我拾起。"女儿满足地笑了，这笑容似曾相识，怎么这么像她老爸？

2015年6月12日

我家男儿郎

这是一本2020年的小小记事册，浅绿封面，烫了金边，上面还有朵朵金蕊粉白的小花，一只蝴蝶轻轻伏在一侧。年初时儿子从背囊里掏出小册来，一把塞给我说："喏，给你。知道你还是在用记事本，不肯把事情记在手机里。""哪里找来的？""今天走过一家书店，看到了，觉得很适合你，所以就买了。"他说得轻描淡写，我听得心中暗喜，这可是一个平时根本不在乎过年过节大咧咧的小子，不知怎的突如其来的贴心之举呀！

打开记事册，我赶紧把今年的主要大事按序记下。首先，是去年已经订下的7次旅游：包括6月去上海观看《赵氏孤儿》首演，7月去英伦参加孙儿毕业典礼，11月去台北参加小学同学会的行程；再写下白先勇来访，中文大学文学奖颁奖，青春版《牡丹亭》公演等文化活动的日期；接着加上每周跳舞班、水中运动课的时间表，已经是洋洋大观，多姿多彩的了！

万万想不到的是，1月底世纪新冠突然暴发，恰似洪水泛滥，狂风吹袭，瞬息间将一切席卷而去，摧毁殆尽！宅在家中无事，打开记事册，看着密密麻麻的小字，不由得哑然失笑，太讽刺了！这一切的一切都得注销，本以为节目丰富的日子，原来根本不必填写什么，只要空白空白，一片空白，就已经呈现实况了。那么，这精致美丽的记事本，又要来何用？

　　小册子无用，小伙子的心意却还是照受不误。都说男与女天生不同，性格如火星撞金星，要一个成年男儿，除了受差遣，电视坏了修电视，长辈不适送汤药，新居入伙前找人装修之外，还得知道老妈是IT白痴，可又喜欢纤丽图案的小本子，倒也不是必然之事。平日里，他只会对我调侃嬉笑，例如："你真是不会生，怎么生个儿子既不够老爸高，又不够老爸帅？"又比如"我见过的靓女可不少，以我的审美眼光来看，你最多是B级而已，老爸才是A级的帅哥"等等。说完外貌，再评内涵："啊呀！亏你还在大学教翻译！真不好意思，怎么教出的儿子中文不行，英文又不灵呢？"

　　原来，他从小就不是一个墨守成规、一味死读书的孩子。那时候就读半山名校小学，天天功课堆到眼眉高，中英算等科目，三日一小测，五日一大考，替他请了补习老师，似乎并不管用。英文科发回考卷，不及格，因为填充题，填写了 I am <u>a book</u>, my brother is <u>a pencil</u>。传统名校要求的是循规蹈矩，即使文法无误，可并不容许孩子在试卷上写童话的。自然科目必须回答"皮肤的功能"，结果又不及格，因为把皮肤上的"污垢"，填为了"老泥",皮肤上的"汗腺",写成了"小洞",皮肤的作用,写成了"包住肉",虽然意思没错,传统名校是不能容忍小孩不按课文自由发挥的。国文更麻烦。有一天晚饭后,看着他睡眼惺忪在准备第二天的国文测验,双眼皮早已叠成了三眼皮,口中仍在念念有词"口内口咸,口内口咸",正在纳闷间,打开他的格子簿一看,原来小学生上课不专心,把"呐喊"两个字,拆开成四个字来背诵了!多年后,我把这桩趣事说给王蒙听,那时恰好跟余光中一起应王蒙之邀前往中国海洋大学访学,性情爽朗幽默的主人一听大乐,因为主客皆有相当年纪,遂为第二天课余的崂山之游拟了一副对联,上联是"老毛老至"(拆耄耋二字),下联为"口内口咸",横联是"老童旅游团"。第二日,三人果然童心大发,在崂山各自口内"口衔"一管鸟笛,努力竞吹,玩得尽兴忘龄,不亦乐乎!

　　小时候儿子功课科科不达标,到了家长日,平日好说话的老爸硬是不肯去出头,说是"女儿的老师我去见,儿子的老师你应付"。这下可好,硬着头皮去到学校,原以为面目无光,谁知道国文老师说,"你家孩儿的成绩是差一点,不过他很乖啊!总是帮老师派本子";英语老师说:"成绩是落后些,不过,他很乐观开朗,一定可以追上呀!"原来,他那张老是笑脸迎人的面庞,在节骨眼上,还真起点作用呢!

　　儿子18岁那年,当时已经去加拿大上中学了,经过了17岁时遭受香港移民富二代的校园欺凌,还是乐呵呵的,居然跟我去美东出席台北一女中的同学会。事前在我竭力游说下,他还以为有许多少年少女会踊跃参加的,一到当地,才发现自己形单影只,其他都是些阿姨叔叔成年人。也罢!他把心一横,没有闹别扭、发脾气,第二天已经跟一堆uncle们打起网球来,玩得兴致勃勃了。有一位uncle对他语重心长地说:"相信我,可以预言,你的笑容将会是你一辈子最大的资产!"

的确如此,一路走来,他经历了不少跌宕起伏,翻过筋斗,吃过苦头,但是从来没有给沮丧失落击败过。他凡事是非分明,心中有数,绝不见高拜见低踩。他若愿意,可以把树上的鸟儿哄下来,楼下看更对他服服帖帖,菲佣姐姐一见他就眉开眼笑。他为人变通,失意时不声不响考了一个网球教练牌;可又十分低调随意,一开口唱歌,虽然跟张学友有七八分相似,在公司周年歌唱比赛时得了冠军,可3000元奖金一早花掉,得奖相片却毫不在意塞在床底下。

他这种淡泊散脱不事张扬的作风,不知是否遗传自老爸?说起来,以《论语·学而》篇所说的"温良恭俭让"来形容他老爸,可是最恰当不过。我那老伴的禀性温和善良,不在话下,待人接物的"恭俭让",却也如假包换。记得我们还住在中大宿舍的时候,每晨开车送我上班,他都会在半路上跟一班一班开着校巴迎面而来的司机举手打招呼,看他们两造热切开怀的笑容,就知道彼此是相识相熟的,原来他虽及不上东坡居士"吾上可陪玉皇大帝,下可以陪卑田院乞儿"的气度,但也相去不远了。校园中的司机、看更、花王,都是他的朋友;而自己事业最辉煌时期的名片,却塞在袋里,从不示人。他的节俭,也相当惊人,从来不会自置华衣美服，他说男士的西装来来去去一个样，了不得领子宽一点窄一点，后襟一个叉两个叉，那又何必去旧换新？于是，高高兴兴穿上20年前的礼服去赴宴，谁叫他身材数十年不变，穿上旧衣却登样呢？他的忍让更叫人啼笑皆非。出去旅游，他会向不相识的年轻团友让座让菜；若不驾驶而需在路旁拦街车时，跟他一起，永远抢不到的士。年长的来了，他让；怀孕的来了，他让；接小孩的来了，他让。于是，你就得跟这位君子于骄阳下、晚风中，在街边地老天荒地一直等下去！

儿子的乐观开朗，也许更来自他的公公。我老爸生前很爱讲"见官高一等"，这句话，听说是他的一位朋友传来的，那朋友做不做得到我不知道，老爸可确实身体力行了。因此在我们家里，从不见谄媚奉承之色，只看到泰然自若之态。对达官贵人根本视若无睹，对文人雅士倒是十分仰慕。老爸喜欢京剧、艺术、文学、电影，以及一切美好的事物。妈妈去世后，爸爸一直卧病在床两年才撒手尘寰。这两年他可没有白过，每天在床上念唐诗，看家书，关心时事，用手打太极，跟菲佣学菲律宾话，活得有滋有味。每当小辈或友人来探望，老爸就在床上仔细端详访客的形容举止，诚心诚意地发掘他们的优点长处，再一一指出，赞赏不已。哪个人要是心灰意懒，落寞不欢，到老爸床前一坐，担保他可以瞬息重拾信心，自我感觉良好。记得爸爸在失去知觉、离开人世前几天跟我的最后对话，是称赞我的打扮："你的项链好美，很贵吧？"我看到他嘴角含笑，眼睛在发亮。

这世界，做伟人的眷属不易，总是聚少离多；做名人的家人很累，老是自愧不如；做富人的子女很颓，一早就遍享荣华富贵，对一切都不再尽兴投入。古语有云：在家从父，出嫁从夫，老来从子。我不必恪守古训，更庆幸我家祖孙三代男儿郎，乐天知命，淡泊自甘，不是伟人名人富人，却使我一辈子都沐浴在脉脉温情中，不难不累也不颓。

2020年8月28日

大　哥

每次收到大哥的信,看到信里对我的称呼——小妹妹,心头总是感到暖暖的,仿佛霎时间回到了青葱岁月,自己还年幼,正蒙受兄长呵护备至的照拂、关爱,我们仍然生活在一起,在同一个屋檐下起居饮食,为同一件有趣的事开怀、同一桩揪心的事发愁。日子过得理所当然,根本想不到有一天我们会长大,有一天我们会分开,从此天各一方,相距万里,唯有靠鸿雁往返,才能稍解思念之情了。

小时候,因为跟几位兄长的年龄相差太大,我刚进小学,他们已经在念高中。平时他们去寄宿,我一个人在家里待着,在不知寂寞为何物的时候,已经尝到寂寞的滋味了。所以,最最盼望的就是哥哥们,尤其是大哥放假的日子。大哥自小性情内向,温文谦和,不是飞扬跳脱、喜欢运动的类型。放假时,他哪里都不想去,喜欢在家里静静地看书、练字、画画、听京戏。年幼时,我性情急躁，夏天一热，常会长出满头痱子，偏偏头发又多，大哥总会耐性地替我梳两条小辫子，然后，叫我坐在小板凳上，一面看他画图，一面听他为我编故事。大哥其实是个素描能手，只要寥寥数笔，就能勾勒出一个个活灵活现的人物，直到现在，我还记得他笔下创作出来的面包太太和扫帚先生，一肥一瘦，形象突出。夏日炎炎，悠长的下午，一个讲，一个听，兄妹二人往往就沉醉在意趣妙曼的童话王国里，浑忘了室内的溽热和沉闷了。

除了看书绘画，大哥也喜爱动植物，时而会想些层出不穷的玩意来消磨漫漫长假。那时候，我们住在建国西路一条巷子尽头的公寓里，楼下的后院紧贴着一个偌大的公园，听说是法国领事馆的园地。夏天，公园里的各式各类昆虫，会不时从敞开的阳台上飞进屋来，什么蜻蜓、知了、螳螂、纺织娘、金龟子等，大哥一看见就高兴，常把虫子抓住放在透明的玻璃瓶里，在瓶口糊上一张薄薄的纸，戳几个小洞，让虫子透气，像养宠物似的天天喂食，我呢，跟在后面团团转，瞎起劲，像煞有介事。有一回，抓到了几只金龟子，他又忽发奇想，在金龟子后面绑上一条长线，线上连着一张张纸条，分别写上"财神驾到，升官添丁"等字眼，然后在窗口放生，让虫子随风四散，即兴飞入寻常百姓家里去。幻想着哪家人看到飞虫后的惊愕表情，我们就一起得意地掩嘴偷笑。

记忆中，大哥最爱猫，曾经养了一只温驯的猫咪，他到哪里，小猫就跟到哪里。后来，我们搬家了。搬家的那天，大哥仍在学校寄宿，匆忙中，没有人想起在外游荡的小猫，到了晚上搬到新屋，才发现猫儿不见了，嗣后遍寻不获，从此失去踪迹。周末大哥回家，发现他的宝贝失踪了，痛惜非常，平时性格温和的他，哀伤之下，独自趴在书台上静静抽泣，整整一个下午伏案不动，我在后面悄悄偷窥，发现他的袖子从上臂到手腕湿了一大片，然后他就默默起身返校了。多少年后，每想起这个情景，即使大哥已远在他方，我的心里还是会隐隐作痛。

大哥是我们兄妹之间长得最好看的一个，身材高矮适中，五官端正，眉清目秀。冬天里一袭长袍、一条围巾，活脱脱就是一个文人雅士的典型，虽然他大学攻读的是土木工程，那年代，功课好的学生是不屑念文科的。其实，他最感兴趣的科目却是历史，对二十五史，能倒背如流，他也擅长书法，精通古典诗词。他对京剧名伶的拿手好戏，耳熟能详，吟唱起来，有板有眼，还带着我唱《武家坡》的片段（他唱薛平贵，我唱王宝钏）。记得我小时候的启蒙书，是家里的《大戏考》——一部记录所有京剧戏目唱词的大书，一个六七岁的孩子，居然对京剧剧本发生兴趣，想来，或多或少也是受到大哥的启发所致。

1949年来临，那时候，爸爸已经应聘到台北去发展了，来信催促妈妈赴台团聚。那年9月，我们一家（祖母、四叔、妈妈和我）离开上海，原本已经买好票子让哥哥一起走的，谁知临行时，大哥因为不舍得离开就读的名校上海中学，一心一意要投考心仪大学，坚持留下，哪知从此竟然一别经年，天南地北，相见无期了！

记得临别的那日，九月天，天微凉，大哥带我到楼下的横巷里去叮咛话别，我看到对面人家的后院里有棵冬青树，不到10岁稚龄的心目中，似乎听说过冬青树的叶子是长青不谢的，就请大哥把我抱起来去摘树叶，当时望着大哥亲切的脸，很想俯首亲亲他，但是又不知道为什么有点羞怯而忍住了，只是默默地把叶子摘下，收入口袋。回到楼上，我把树叶夹在一本小书里，随身带着上路。

这一路，先要从上海坐火车去南京，在火车上花四个钟头摆渡到浦口，然后坐津浦路到天津，由天津乘轮船到香港，再从香港搭船去台湾。一路上，我不停地偷偷检视书里的冬青叶，以为只要叶子长青，很快就会再见到大哥的，谁知道，离根的叶子，还没到天津，就已经泛黄枯萎了！

再相见时，已经是1978年的夏天。那一年，我跟随着中文大学的同事到内地旅游，主要是探望隔阂30年的兄长。在北京，乍相逢，相距几千里，阔别数十载，恍如隔世的感觉所引起的内心震撼和激动，实在难以言喻！望着大哥一头斑白，不敢相信那就是我记忆中英姿勃发的美少年！实在忍不住，我嗫嗫嚅嚅问道："你的头发，怎么半白了？"他望着我轻轻说："总比全白了再相见好！"接着，在北京，在天津，我们尽量争取见面的机会。一天，他从尘封的屋角掏出一个生锈的罐头，打开一看，里面是一堆大大小小的贝壳，"还记得这些吗？108个，一个不多，一个不少！"原来，这是我儿时的玩意，每当我生病发烧什么的时候，大哥就会把这些贝壳搬出来给我讲故事，编排出哪个是皇帝，哪个是皇后，当年我来不及带走，30年后，居然还原封不动地留在大哥的身边，望着贝壳，我竟一眼就认出皇帝皇后来。"现在见到你了，不再留这些了！"大哥把贝壳交在我的手中，缓缓地，郑重地！不久，旅行团南下，大哥带着小儿子自行到杭州去跟我会合，再聚数天，终须一别，那一日大哥牵着孩子，站在旅游车的后方，对我挥手作别，我向后凝视，看着这一大一小的身影，随着汽车开动，变得越来越小、越来越模糊，唯有他们后面的一大排红旗，正在随风飘扬！

1981年，大哥终于申请到出境探亲的资格了。当时他只有一个人来港，那年代身为天津大学土木工程系资深教授的他，要设法在香港立足找工作，似乎比登天还难。我曾经为他四处奔走，甚至想找关系替他在母校培正中学安插一份文员职位而不果，看到如此大才在香港居然无用武之地，令我十分焦虑沮丧，大哥自己倒还心平气和。那时候，我正一面在中大教书，一面在巴黎索邦大学攻读博士学位，每年来来去去，香港巴黎两边跑。大哥闲来为我绘制论文所需的大型图表，那时计算机尚未发达，图表上的每一个法文书目、每一个中文译名，都是大哥一笔一画亲手写上的，其整齐悦目的程度，与印刷不遑多让。悠悠数十载，从小时候听故事，到长大后写论文，大哥永远都在后面支持我，扶植我，使我放心前行不担忧。

如此这般，大哥往后几年一直在津港两处来回奔波，教书探亲两兼顾，直到1985年，才因为找到《读者文摘》编辑的差事而在香港定居下来。1998年，他们一家又再次涉重洋越关山，远赴加拿大移民去了。大哥曾经说过，在香港的这十多年，是他一生最快乐安定的日子，不错，那些年，父母健在，工作稳定，我们兄妹可以经常相见，无话不谈，如此岁月静好的日子，怎么就在转眼间消逝不见了呢？这些年来，他远在多伦多，仍然关心时局，闲来以养鸟莳花为乐，我曾经三次探访，每次离别时都依依难舍，如今，因年迈，因疫情，更相见无期了！每念及此，不禁怃然！

所幸，还有计算机，还有手机，毕竟在高科技的年代，天涯已经真正若比邻了。大哥是无事不通的万宝全书，就如以前同处香江的时候一般，身体不适了，我问大哥，他会分析事理、查阅资料，告诉我不必惊慌；文章完成后，我传给大哥看，他永远是我的第一个读者，会告诉我哪里有笔误，哪里可改进；有事忧虑了，我向大哥诉说，他的通情达理，总是我最佳的后盾，经他劝导，会使我豁然开朗，烦恼顿消。

2021年农历十月欣逢大哥九秩诞辰，谨以此文，向他遥寄思念，并祝他身体健康，平安喜乐！

2021年9月19日

心波中的柔草

心中，有一口湖，这心湖，岁月久了，已难起波澜。曾经有过风急雨骤的日子，横木败瓦扫来，断枝残叶吹下，湖面波涛汹涌，湖底杂物纷呈！都过去了，都随着流光消逝了无痕。如今，过桥抽板的闯将，到别处去继续耀武扬威，与这口在山麓静静躺着的心湖，又有何干？冷眼势利的过客，到他乡去拜高踩低了，跟这口与世无争安歇一旁的心湖，又有何涉？

倒是，晨起向晚时分，清风徐徐吹来，湖面偶尔会泛起阵阵涟漪，也许，不经意中，想起多年前一次不算邂逅的邂逅、一回短暂的偶遇、一趟瞬间的交会，这些记忆深处的画面与情景，怎么竟然还会在晨曦夕照中微微闪亮，焕发出粼粼波光，映照着湖底一束束柔草，在心波中轻轻荡漾！

是许久许久之前的青葱岁月，北师附小毕业，考取了傲视学界的台北一女中，那光景，就好比古时科举高中似的，颇有光宗耀祖的架势。那一身绿衣黑裙的校服是荣誉的象征，上学时穿，放假时穿，连去喝喜酒时也不舍得换下，席上遇见亲朋戚友，少不得赚来一些羡慕的眼光。校服上的校名和学号，是个人身份的印记。多年后看几米的创作《向左走，向右走》，说到作品中的男女主角只知道对方的学号，不知道彼此的名字，乍相逢，又离别，虽然身为比邻，却失之交臂——"她习惯向左走，他习惯向右走，他们始终不曾相遇"！现实中，这样的戏剧，天天在默默搬演，那时代的少年少女，谁不曾经历过类似的情节？

当年，家住和平东路二段的一个小巷，巷子曲折蜿蜒，门口有一条小河，恰似童年时常唱的《流水》："门前一道清流，夹岸两行垂柳，风景年年依旧，只有那流水，总是一去不回头！"那年头，台湾的中学基本上是男女分校的。虽然家里一向呵护备至，念中学了，再也不让家中接送，每天清晨，沿着小河，穿过弯曲的小巷，来到平坦的大街，等待不记得是哪一号的公共汽车，从和平东路二段到重庆南路一段去上学。无论天雨天晴，从夏到冬，行车的路线不改，时间也不变。久而久之，就会发现，同一时段车上的乘客，都是同一群人。不知哪一天，突然有个第六感，感到似乎有人在窥望自己，回首一瞧，在车厢后座靠右的窗边，逮到一双炽热的眼睛，正目不转睛地逼视过来！当下不敢细看他的脸庞，只用眼角的余光悄悄一瞄，扫到那一身制服——板桥中学！啊！原来是板桥的！在那个年头，学校的排名，似乎比印度的种姓还泾渭分明——北一女配建中，北二女配附中，这板桥？不入流吧！那天，到学校下了车，留在车上的那双炽热眼睛，还透过右窗，怔怔地向后凝视，一直不停望着，望着，直至公交车远去，才消失无踪！就这样，自此天天邂逅，天天凝望，天天回眸，大概一学期左右，彼此从来没有交谈过。

岁月悠悠，多少年过去了，如今偶尔回想起遥远如梦的豆蔻年华，不禁心中好奇：当年那身影，那回眸的主人，到底是谁？他此生平安吗？日子顺心吗？这谜样的故事，从未开始，更永远无法知道结局！

又是数十寒暑之后的事了，是20世纪80年代的偶遇。那段日子，外子带了两个孩子出国上学。那些年挺艰难的，每逢过年过节，倍感寂寥，一有长假，就忙不迭地往多伦多跑，探望远在他乡的家人。一个人形单影只长途跋涉多了，一听到坐飞机就怕！那一回，坐上飞机，原本在闭目养神，忽然邻座来了一个四五岁的小女孩，没有大人陪同，自己一人闷声不响，乖乖地坐在位子上。十多个小时的旅程，她既不闹也不吵，一直在自己玩电子游戏，写写字，画画图，不睡，也不大吃东西。问她为何独自去旅行，她说去旧金山会妈妈啰！（这程飞多伦多不是直航，要停旧金山转机的。）那爸爸呢？"爸爸跟哥哥住，哥哥好惜我的！""哥哥和爸爸干吗不陪你去旧金山呀？""哥哥要跟他的新妈妈住呀！"哦！原来如此，这下轮到我语塞了！接着，小女孩又喃喃自语："我好想哥哥！"随即她又一本正经轻轻加了一句："不是想哥哥就可以跟哥哥住的，要等官来判的啰！"不知她是说给我听，还是在自开自解？她哪里知道什么是"官"啊！那么稚嫩的声音，说出那样老气的话来，让我听了特别心疼，久久不能释怀！

这么多年过去了，这机上的一幕，至今难忘，算起来，这个弱小的女孩，应该已是四十出头的中年人了，她还在旧金山吗？她过得可好？会有心理阴影吗？如今应该已为人母了，但愿她诸事顺遂，平安幸福，让她的下一代，再也不要经历同样心酸的童年。

到了20世纪90年代中，终于一家可以团聚了，曾经有过一段较为安逸的岁月。那段日子，最喜欢坐邮轮去远行。记得有一次，坐着巨大的邮轮来到克罗地亚的杜布罗夫尼克（Dubrovnik）。船停泊在海边，十几层高的船身，像个巨无霸似的俯瞰着港口，无论远望近看，都十分壮观！当年南斯拉夫解体，克罗地亚、波斯尼亚、塞尔维亚三族之间发生了历时三年半惨绝人寰的波黑战争，90年代中叶战事刚歇，人民喘息未定，当地经济的衰败，生活的窘迫，可想而知。好不容易来了一艘豪华的远洋邮轮，那天外的来客，异域的生活，又多么令人向往！不久，船又起行了，笛声响起，领航船开出，偌大的船身慢慢移开岸边，此时，从高高的船舱下望，忽然看到一个年轻的父亲，肩膀上骑着个一两岁的孩童，正在码头上一脸急切，发足狂奔，拼命想赶上逐渐远去的邮轮。是他自己想追逐船影，还是他那稚龄的孩子？他全神贯注，专心致志，怎么也想不到高高的船舱上，还有一个陌生客正在向他凝神观望。那画面，令人想起卞之琳脍炙人口的诗句："你站在桥上看风景/看风景的人在楼上看你！"真不知道，那年轻的男子，当年是否经常在码头背着幼儿追船？他们如今的生活改善了吗？孩子长大了，是困守故土，还是已经扬帆出海，遨游天下了？他能过上父亲当年曾经向往的日子吗？能让父亲终于卸下重担，安稳度日了吗？

茫茫人海，都是过客，都是暂驻，生命的旅途上，一个回眸，一次偶遇，一趟交会，毋需多言，何必相识。只要心存善念，哪怕岁月如流，年代久远，那瞬间一丝丝体恤与怜惜，总会在心波上流转，恰似一缕缕柔草，在清风吹送中，缓缓款摆摇曳，令人怡然。

2021年8月2日

思故友

爱美的赤子
——怀念永远的乔志高

    星期天的上午，四周静悄悄的，我怎么会写起纪念他的文章来？这时候，我不是正该在跟他通长途电话的吗？

    高克毅先生走了，在2008年3月1日那天。

    消息传来，令人伤感，但不愕然。其实，在我心底，一直隐隐然害怕这一天的到来。我知道，这是无可避免的，但又不愿意去多想，去面对。

    那年农历新年前后，高先生的健康日差，他开始食不下咽，于是，就从马里兰州回到佛罗里达冬园镇来，在这养老社区的医疗中心接受治疗。中心不设私人电话，因此使我仿佛感到突然间跟他失去了联络。在这之前，有好几年功夫，我跟高先生一直保持密切联系，几乎每个星期都会互通音讯，有时因为事忙，没打电话去问候，他的电话也一定会打过来。我们最后一次通话是在今年2月中旬，高先生的声音从远处越洋传来，低弱却又清晰。

他说："我好些了，现在开始吃得下一点东西，体重也增加了些，希望不久就可以出院了。"这对我来说，是一个令人振奋的好消息，当下急忙去转告林文月跟白先勇，我知道他们两位是非常关心高先生，也是高先生十分喜爱的朋友。谁知道，那次与高先生通话，竟成了永诀。

认识高克毅先生，已经有很多年了。1970年初期，我开始踏足译途，在香港中文大学翻译系执教，而高先生也刚从美国来到香港中大，与宋淇先生一起创办《译丛》。那时候，只知道笔名乔志高的高克毅先生是位中英俱佳的译坛前辈，对他，只有躲在远处仰慕的份儿，后来，在各种场合见面多了，才发觉他为人风趣幽默，平易近人，他坚持要我们这些后学叫他英文名字George，而且，他居然还是说上海话的，这就增加了不少亲切感。

当年，在中大翻译中心工作的有三位鼎鼎大名的人物，即宋淇、蔡思果及高克毅，一群年轻的女同事促狭地把这译坛三宝称为"三老"，并且各冠以绰号曰"宋老板、蔡老师、高老头"。大概因为宋淇不苟言笑，像位老板；思果循循善诱，像位老师；至于乔志高呢，因为傅雷早有名译《高老头》在先，就让人沿用其名，变成不老的"老头"了。后来，我跟高先生稔熟了，把这外号转告之，他听后很不服气。这也难怪，原本他就是三人之中最温文儒雅、风度翩翩的，当年也正值创意旺盛的时候，怎么会无端端给人称为"高老头"呢？

其实，在我的心目中，高先生跟"高老头"根本沾不上边，一来因为他外貌永远不老，二来因为他心境始终年轻。高克毅生于美国，长于中国，1933年毕业于燕京大学新闻系，1937年获哥伦比亚大学国际关系学硕士学位，此后一直从事传媒与文字工作，毕生孜孜不倦，为促进中英文化交流而努力。由于训练有素，他的新闻触角特别敏锐，对于所有的新事物、新风尚、新文化、新潮流都耳熟能详，了如指掌。早在20世纪20年代末，他就跟文字结下不解之缘，开始跟兄长一起替电影杂志撰稿了。后来，他到了美国，在中国抗日战争时期，为争取国际友人的支持，替国家出了不少力。

高先生记忆力之强令人诧异，如烟往事，点点滴滴，他都记在心头，而且把事件中的时、地、人，都在文章里交代得清清楚楚。"你是不是有写日记的习惯呢？"有一次在电话中问他。他说："我在念燕京时，倒是写过日记的。那是少年不识愁滋味的年代。不读书，天天在想怎么去追女孩。"我急忙问："那你这些日记还在吗？可以发表呀！"高先生这下可腼腆起来了，连说："不行不行，这怎可公开？"我继续磨他："你该好好写一本自传。"心想，像他这样的人，一辈子生活在中英文化之中，见多识广，交游遍天下，加以文笔优美，妙语如珠，写出来的传记一定很好看。高先生却又显出他那谦谦君子的本色来："我这辈子一无所成，不值得写什么传记。""你经历过那么多事，交往过那么多朋友，一定要写呀！"说起朋友，高先生可来劲了："对了，我想写一本关于朋友的书，书名已经想好了，叫作《忆中人》。"

《忆中人》？这是《意中人》的谐音，一语双关，又是乔志高的绝活之一。乔志高出了很多本书，其中最脍炙人口的是《美语新诠》系列,而系列中有一本,就叫作《海外"喷"饭录》。原来"喷"就是"Pun"(双关语)的意思,乔志高不但在书中汇集了许多中英"喷"例,还举出讲究"喷"术的要点,即"要适逢其会,要用得其所,要措辞典雅,要甘犯众怒,要迂回曲折"。不仅如此,他更身体力行,在日常生活、言行举止中,不断表现他那运"喷"自如的绝技,这本领也往往使用在翻译上。例如,他说自己常在晚饭前小酌,最爱喝一杯"马踢你"(Martini),又如他翻译的三部名著《大亨小传》《长夜漫漫路迢迢》《天使,望故乡》虽然都是翻译界公认的名译,他却谦称自己对文学翻译,只是个"爱美的"(Amateur,即"玩票"、业余之意),谈不上专业。

说起"爱美的",高先生可真是当之无愧。他爱美丽的文字、美好的心灵,爱一切美善的人与事。翻译,对他来说,绝不是搬字过纸,字字对译,而是一种爱好、一种对美的追求。他说过:"我译的都是自己爱的书,对原文很熟悉、很喜欢,才动脑筋去翻。"由于他对中英文化了解透彻,加以精通双语,翻译时每每先通读全书,待掌握了原著的精神与气氛,才开始落笔。他这种特殊的禀赋与才能,在翻译《大亨小传》时,最表露无遗。他却认为因自己在纽约住过很久,费兹杰罗所经历的时代事物,他都耳熟能详,因此译来很不费力,并谦逊地表示:"翻一本小说有这一类的'准备',怎能期望一般中文译者都办得到呢?"(《〈大亨〉和我——一本翻译小说的故事》)的确,有哪位《大亨》的译者,曾经在抗战胜利那年陪着当年的女友后来的太太,并肩坐着敞篷马车，在纽约"中央公园"里慢慢兜圈，共度过浪漫的时刻，就如高先生与高夫人梅卿一般？

高先生爱美，所以才娶到如高夫人一般美而贤惠的妻子。高夫人雍容优雅的气度，一向为人称道。1999年，我专程从香港去美国佛州冬园镇拜访高先生，并写了一篇访谈录，名为《冬园里的五月花》，发表于《明报月刊》。那一年，高氏伉俪虽已届高龄，却仍然精神奕奕，看不出一丝老态。我在佛州冬园盘桓的几天，承蒙两老热诚招待，过得充实而有意义。记得高先生的寓所收拾得一尘不染，餐桌上插满了鲜花，桌后摆放着中式屏风，还有很多幅中西画作，包括高先生的自画像，四壁更挂上于右任、叶公超、梁实秋、余英时等名家题赠的墨宝，令人一看，就觉得这是一位中国高雅知识分子的府第，不浮夸，不炫耀，而充满了儒雅的书卷气。我们当时谈了很多，使我更进一步了解高先生的内心感触与思想境界。他说："双语生涯是我一生的矛盾！不但是中、英语文之间，也是中国、美国之间的矛盾……我处于中美两种文化之间，首当其冲。"正因为如此，他当时说已把下一本书的题目想好了，叫作《一言难尽——我的双语生涯》。的确，高先生丰盛的双语生涯，是一般人无法领悟的，他毕生在中英双语中穿插出入，折冲往返，他的学识、他的经验、他对促进中西文化交流的努力与贡献，岂是一言可以尽道？

想当年，诺贝尔文学奖得主赛珍珠（Pearl Buck）选了老舍在重庆写的一部戏《桃李春风》，想搬去百老汇上演，那剧本就是请高先生译成英文的；老舍去美国访问期间，也跟高先生时相过从；目前，大家都对文坛才女张爱玲推崇备至，而张是因为在美国的夏志清教授著书推荐，才一举扬名的。可是有谁知道夏济安、夏志清昆仲，还有陈世骧教授，当年在华盛顿与张爱玲初次会晤，还是高克毅居中安排的呢？类似的美事，实在不胜枚举，很多事促成了，众人只看到事情表面的光环，而看不到幕后有心人穿针引线的辛勤与付出。高克毅先生，他也许没有出版过什么家喻户晓的畅销作品，他也许没有发表过什么脍炙人口的旷世杰构，可是这么多年来，他一直默默耕耘，在编、译、写三方面努力不懈，一共出版过逾20种作品，包括别开生面的《最新通俗美语词典》，这是他多年来的力作，自称为"与人无忤的苦工"，却编来乐在其中。

高先生是我们众人心目中的活字典，凡有任何涉及中英双语的疑难杂症，大家都会不期然想起要去请教高先生，而他也几乎有求必应，乐于普度众生。白先勇翻译《台北人》时，请了高先生当顾问；我三十多年前的第一部译作《小酒馆的悲歌》(*The Ballad of the Sad Café*)，译名是高先生提议的，我于2005年退休前出版的《荣誉的造象》(*A Gallery of Honour-Portraits and Profiles*)，中英文题目也是高先生代拟的。此外，我筹办"新纪元全球华文青年文学奖"时，高先生不但慨允出任翻译组决审评判，而且为我们出题、改卷，并亲莅香港，出席颁奖典礼。这么多年来，他一直在译道上扶持我、引领我，为我一路上遮风挡雨，指示方向。

高先生最爱才惜才，也最关心文坛、译坛的动向。自从夫人梅卿女士去世后，他在生命中痛失爱侣，倍感孤单，加上年事渐高，往往有不胜寂寞之苦。正因为如此，我开始经常给他打电话，想方设法希望他提起兴致来。有几回，在电话里，高先生免不了要叹息自己健康日差，这时候我就急忙转移话题，跟他谈一些文化界盛事，文坛、译坛近况。令人诧异的是，高先生"秀才不出门，能知天下事"，他是老一辈学者之中最早使用电邮的人，不但能用，还用得出神入化，弄得半夜不睡，眼睛都累出了毛病。多年前，我还曾经调侃过他"劝君少看伊妹儿，劝君多伴美娇妻"呢！每当提到一些共同朋友的近况，如林文月又出了一本新书，白先勇的青春版《牡丹亭》再传捷报等等，高先生就比谁都高兴。常挂在他口中的还有一些其他文化界的朋友，如傅建中、黄碧端等。有一回，他发现了一位新进作家，好像是姓蔡的，住在大屿山，在报上写专栏（可惜我不记得她的名字了），高先生兴冲冲告诉我，就像在文学的银河中，发现了一颗灿烂的新星似的，这时刻，他把自己的病痛与寥寂，已经忘记得一干二净了。他还说，很希望有一天能见见这位年轻的朋友呢！

多年来，我时常在翻译课中选读高先生的译作，学生看后都心悦诚服，每年临近5月我都会买好贺卡，让学生一起签名，并写下他们心里的感佩之言。又有一回，因为明知高先生是"爱美的"，而林青霞最崇敬长者，我就请青霞跟我一起写一张贺卡，遥祝高先生"生日快乐"。高先生收到后，果然非常开心，他还回了一张卡片给青霞——蓝绿色的透明卡纸上，紫蝶翩翩。这张卡，是年逾九十的高先生亲自驾了车去店里挑选的。青霞告诉我，有史以来收到的卡片之中，最美最高雅的就是这一张，她会珍而藏之；高先生则说，一辈子只收到过两次大明星的照片，一次是首位闯进好莱坞的华裔女星黄柳霜，另一次就是林青霞了。他把青霞的照片放在案头，可就近欣赏。

自去年下半年开始，高先虽然仍像候鸟似的，奔波往返于马利兰与佛罗里达之间，但是毕竟有点力不从心了。他有时会把近况电传给我，称之为"健康简报"，但是他又十分体贴，往往会提醒道："我这样告诉你，省得你打电话来慰问，也请不要转告别人，大惊小怪。"接着，他又说："林文月如果通电话，倒不妨提一句。"高先生就是这么一个人，一方面十分喜爱朋友，一方面又不好意思麻烦人家。在他身上，中国文化中的温柔敦厚，以及美国文化中的活泼开朗，竟然糅合得这么奇妙，这么融洽无间。

2006年5月初我们通电话时，高先生兴致勃勃提起孙女将跟哥伦比亚大学的一个学术团体于暑假去访问今日的北大当日的燕大。高先生说燕京大学是他的母校，而当年在燕大度过的两年是他的黄金岁月。足见这位译界前辈，纵使一生历经过近百年大时代的洗礼，兼且足迹遍天下，可是在心底深处，令他魂牵梦萦、缅怀难忘的，却仍然是故国岁月少年情。高先生又说，北大不久前刚出版了他的辞典《最新通俗美语辞典》，编排醒目，令他很高兴，同时，四川成都有个博客读者，居然在 Blog 上大赞乔志高，使这位不老的"长者"看后大感欣慰，认为"海内存知己，天涯若比邻"，此话当真不假。

他又提到老朋友赖恬昌（书法家，香港翻译学会顾问）给他题了两幅字——"大人者不失其赤子之心者也""爱人者，人恒爱之"，他特别喜欢。我想，高先生之所以特别喜爱这两幅出自《孟子》的题字，大概是因为这两幅字，正好是他自己及梅卿夫人的写照吧！

高夫人五年前先走，现在高先生也去了。我把消息告诉林文月时，她黯然良久，轻轻说了一句："他去找他太太去了。"我想起那年在冬园，两老带我出去游览，高先生驾驶时，高太太在旁用吴侬软语不断叮咛："乔治，侬慢慢来，勿要开得脱快！"如今，两老已经重新在天国相会，梅卿不必独自在天上担心，乔治也不用一人在地上寂寞了。

高克毅是爱美的赤子，最美的长者，在世时，他脸上没有一点老斑，心底也不沾一丝尘垢。他是永远的乔志高——永远活在他的著作、译作与词典里，也永远活在众多朋友的心中！

2008年3月30日

翩翩紫蝶迎春归
——怀念诗人布迈恪教授

一

认识布迈恪,是一段缘分。

1974年春,我已在香港中文大学翻译系执教了,趁放长假之便,想到国外去走一趟。当时,海内外开设的翻译课程,远不似今日般勃兴,要找到适于进修的地方,实在难于登天。无意中,发现英属哥伦比亚大学竟然有个创作系,而系中又居然有个翻译组,由名教授布迈恪(Michael Bullock)主持,于是,我抱着姑妄一试的心情,写信去询问,谁知回音很快来了,在没有传真、没有电邮的岁月,由一纸电报传来佳音:"请立即启程,欢迎你来翻译工作坊交流。"

就这样,我在农历大年初二踏上征途,从温暖的家、热闹的香港,来到了遥远的城市——温哥华。

初次见布迈恪是在他的办公室。他正在上翻译工作坊,我静坐在后面,两个小时后,待他上完了课,我们才一起去午膳,算是正式见面。

当时,我觉得他是个学界前辈,知名诗人,于是恭恭敬敬叫他一声布教授,谁知他马上说:"叫我迈可(Michael)好了,有的学生还叫我小名迈克(Mike)呢!"我记得他满脸浓密的胡子,跟浓密的头发连在一起,令我有"海天一色,分不清哪处是海,哪处是天"的感觉。那餐午饭,我们谈了很久,谈文学,谈创作,谈翻译,正谈得兴浓时,他忽然说:"你那三明治,假如吃不完,把肉吃了,把面包丢掉好了!"原来,他发现我对着那份北美特大号的三明治,已经努力啃了半天了,似乎还剩下大半,成效不著,于是就体贴地提议,说时,笑得很俏皮,阳光闪耀在眉梢眼角。

这以后,我们就开始了一段长达三十五载的情谊,对我来说,迈可亦师亦友,有时像父执,有时像同辈,更有时像个童心未泯的老顽童。

在温哥华小住三月,布迈恪教会我很多以前未识的事物,包括如何与花草树木打交道。春天来了,藏红花首先从冻原中破土而出。初时看到这些圆滚滚、色彩鲜艳的小花,在地上探头探脑,憨态可掬,深感惊喜,于是便问诗人,这是什么花,才知道了它们的名字。接着看到迎春花像施展特技似的攀爬在家家户户的篱墙上,展露一身鲜黄的新衣,神气活现。这种花又叫作连翘花,是初春的信使。然后是一大片斑斓的黄水仙,漫山遍野绽开，使我想起华兹华斯的名诗。从前，小时候作文，只知道写"不知名的花，不知名的树"，哪想到一草一木都有名字，都有个性呢？原来诗人日日与花草树木为伍，心中有爱，笔下有情，才写得出动人心弦的诗篇。

大学图书馆旁有一棵参天的巨松，一天，迈可告诉我，他就像那棵树。看到他健硕的体魄，浓密的须发，处处为人、提拔后进的作风，我真相信他是那棵松树变的，要不然，也一定与巨松之魄精神相通。

除了花草树木，迈可喜爱一切自然的东西。他的诗中，不时出现的意象有河流、清溪、朗月、繁星、白昼、黑夜、春、夏、秋、冬、鱼与鸟、石与影……在他心目中，自然的一切，都赋有人性，带有情意。因此，斜倚的垂柳会用舌头轻舐河流，桥下的河流可以沮丧失落，摇头叹息。"在水中鱼儿梦想变成鸟儿，在空中鸟儿渴望变成鱼儿。"诗人自己却灵感泉涌、恣意奔放，身在陆地，思绪可自由出入在游鱼及飞鸟的海、空境界，因而成为超现实主义的大师。生活中，一抹斜阳，一丝清风，一朵紫云，一瓣残红，都可以使他诗情勃发，逸兴遄飞。

有一回，我的外套上掉了一颗金钮扣，遍寻不获，迈可帮着找，第二天，他得意洋洋地告诉我，钮扣找到了，在他的诗里。原来他为此写了一首散文诗，叫作《钮蝶》（*Buttonfly*），这是从他最喜爱的"蝴蝶"（Butterfly）一字变奏而来的。多年后，他有一首诵吟蝴蝶的诗，于2007年给陈列在上海地铁站，跟华兹华斯及布莱克的作品一起成为英诗的代表作，这是诗人晚年最引以为荣的一件事。

在温哥华小住三月，我不但学习了教授翻译的良方，并于回港多年后在中大翻译系开设"翻译工作坊"，迄今仍大受学生欢迎，我也完成了第一部译著《小酒馆的悲歌》。返港之日，临别依依，迈可亲自相送，一路上，每看到一种花卉，他就赋诗一首，这些似俳句的短诗，整整一组，给我收藏得太好了，这些年来，因多次搬迁，时而出现眼前，时而隐藏不见，但当时握别的情景，却仍历历在目，仿如昨日。

此后这几十年来，一直与迈可音讯不断。他是英裔加籍的名诗人、名教授及翻译家，著作等身，迄今出版的诗集、小说逾50种，译作约两百种，作品译成多种文字，可是在他身上，丝毫看不到骄矜之气。相反地，他一向恳挚坦率、平易近人。布迈恪热爱东方事物，尤其是中国文学与文化，曾经从意大利文版转译过王维《辋川集》中的40首诗。

自我1974年返港后，迈可不断敦促我抽空翻译他的作品，我说："你得先有个中国译名。你想要个通俗的，像旅游景点摆摊子的人给你翻译的名字，如迈可·布洛克呢？还是要个像汉学家一般带有中国文化的译名？"他说千万不要通俗的，于是，我把他的名字译成"布迈恪"，用了陈寅恪的"恪"（这字有两个读音，既读"客"，又读"却"），这就是迈可中译名的由来。

因为事忙，多年来，除了零星发表在报刊的译作之外，我真正翻译布迈恪的作品，只有《石与影》（北京中国对外翻译出版公司出版）、《黑娃的故事》（南京译林出版社出版），及《彩梦世界》(北京商务印书馆出版)三种,但是他老早就授予我翻译他任何作品的版权了。

多年来,我们虽身处两地,却保持紧密联系,他每赋新诗、每出新书我都知道,而他对我的种种学术活动,也了如指掌。我于80年代初去巴黎深造时,迈可曾经来花都探访,我们在巴黎索邦大学门口的咖啡馆里,一面叙旧,一面畅论文学,我还告诉他白蛇青蛇的故事,于是他后来特地为此写了一首诗《思莲娜在巴黎》(Serena in Paris),我翻译后,收编在《石与影》中。又有一回,我和外子去伦敦旅游,迈可正好回乡,我们相约去喝正宗的英式下午茶。他请我们去知名的饭店Claridge's,这是皇室中人经常光顾的地方,他坐在一张大靠背椅上,神气十足地告诉我这是英国皇太后常坐的椅子。

我当中大翻译系主任的时候,曾多次邀请迈可来访,他不但讲课,也朗诵诗歌,所到之处,都深受欢迎,因此他也热爱香港,并熟悉中大校园的一草一木。有一回,一位同事胡玲达听了迈可的朗诵,赠他一方古玉。大家都说迈可诗才横溢,可能是李白再世,迈可听了很高兴,从此把古玉佩带在身,须臾不离。

迈可曾经说过,他最爱的城市,除了生长的伦敦,创作、执教所在地温哥华,就是香港了。其实,我深信,他心灵中真正的原乡、故土,就是与自然花木不可分割的园林。在温哥华,他最爱的是哥伦比亚大学中的日本花园;在英伦,他念兹在兹的是家中的后院,也就是他诗中的Enchanted Garden;在香港,他一到中大,就爱上校园中的荷塘,并赋诗六首,名曰《荷塘六重奏》。

我几乎认定假如他生在古时的东方，一定会是《牡丹亭》里手持柳枝，与丽娘共舞的柳梦梅。

前些年，布迈恪因年迈体弱，决定回伦敦颐养天年。弃世前，他曾经写了一百多首诗，歌咏他的故园，其中有一首叫作《园中的天堂》（*Paradise in the Garden*），兹翻译如下：

> 飘浮于芬芳的海洋
> 我的思绪清晰
> 神志分明
> 我仿佛瞥见这园中的天堂

二

2008年7月22日下午，走进办公室，打开计算机，看到布迈恪女儿米莉安从伦敦发来的电邮："迈可已经在安详中离开我们了。他说过想一觉睡去，不用醒来，他就真的这样沉睡过去了。"

接着，又收到温哥华迈可好友罗莉安转来有关诗人临终情况的电邮，也是米莉安发出的："我坐在他身边，轻轻握着他的手，约翰（迈可女婿）陪侍在侧。我把玫瑰露轻洒在他的额头，使满室溢香，恰似有朵鲜红玫瑰正飘浮其中。那位年轻美丽的中国女医生进来看他，并问他是否可以送她一本圣华刚为他翻译，并即将在奥运前出版的中英对照诗集，他听了点点头，睁开双眸，眼中闪出了光采，接着，他咽下最后一口气，就离开我们了。"

前一阵子诗人布迈恪刚欢庆九十华诞,我还跟他通过电话,为他祝寿。电话里,我对他说他的力作 Colours 我已经全部译毕,中译书名为《彩梦世界》,7月中就可以出版了。书是交由北京商务印书馆印行的,出版社对此十分重视,不但用中、英双语出版,书后附以诗人朗诵的原音CD,而且采取了我的建议,全书用多种彩纸刊印,以反映出原诗色彩缤纷的风貌。

这本中、英对照的诗集,里面加插了许多迈可的画,还请了美而有才的林青霞作序,这一切都为了给诗人一个惊喜,也是送给他九秩华诞的一份贺礼。

诗人望穿秋水地等,我心急如焚地催,但为了种种技术上的原因,诗集一再延误了出版的日期。结果,书出版时晚了一天,诗人在前一天走了。

诗人虽然不能亲自看到这本《彩梦世界》,但我希望能把它带到追思会上,供奉灵前。

他的追思会将于8月16日在温哥华英属哥伦比亚大学的日本花园(Nitobi Garden)中举行。这是迈可生前最喜爱的地方之一,园中的景色,不时成为他小说、诗集的场景。届时与会的人士,每人都会带一枝白玫瑰,投入那花园的流水中。但愿那潺潺的流水,能带走悼念逝者的哀伤,留下美好记忆的芬芳。

又听说,布迈恪的骨灰,将放置在一个纸瓮中,埋葬在伦敦家里后院的大树下。那是一棵名叫蓓德蕾亚(Buddleia)的树,又名蝴蝶丛(Butterfly Bush),多年前种下时迈可在场,如今,当时的幼苗已成为影影绰绰的大树了。树上开满紫花,能吸引蝴蝶来访。

明年花开季节，紫芬满树，看到翩翩紫蝶带春回时，我们就知道诗人已化为蝴蝶，魂兮归来了。

三

8月16日那天，阳光明媚，碧空澄澈，微风轻轻送吹着，温哥华的夏，不是令人神伤的季节。

姜安道教授自香港中文大学英文系退休后，如今安居巴黎。此时，他从巴黎来，我自香港去，相会于温哥华，一起参加好友布迈恪教授的追思会。

下午三点左右，人慢慢集拢了，在英属哥伦比亚大学里——在校园一隅的植物园中——在园内小桥边流水旁——在那一泓清水畔长满芦苇与紫花的地方。

都是布迈恪教授生前的好友——他的知己至交，左邻右舍，同事学生，等等。大家聚在一起，有人带来了鲜花，有人带来了诗集，弥漫空中的，是深深的怀念、默默的追思，没有谁在哀声哭泣。

迈可走了，怎么可能？他分明躲在一旁，笑吟吟凝视着这群友人，知道他们正在惦着他，念着他，与他共沐在难以磨灭的回忆中。

《回忆》

林中充溢着回忆

藏在叶间
躲于树后
隐在池塘深处
舞动在清溪之上

我呼唤时它们前来
围绕着我发际飞翔
疯狂的蝶群
飞去后仍留下
影子处处

影子我带在身上
犹如烙印[1]

环顾四周，有树有叶，有池塘、有清溪，这时，布迈恪可能正安坐在枝丫间，或藏匿在草丛后，忽而变成蜻蜓，忽而化为游鱼，正如他笔下经常描绘的情景一般。诗人生前是超现实主义大师，如今不再受羁于形骸，不再被困于躯壳，那热爱自由的灵魂，当更加无拘无束，来似风，去如云了。

追思会在姜安道教授主持下，由友人纷纷叙述与迈可相识相交的经过，诗人生前可亲可爱的面貌，再一次活现在众人眼前。

---

[1] 这是迈可所写的一首诗 Memories，中译编收在《石与影》（金圣华翻译）诗集中。

手执着刚刚由北京商务印书馆出版的《彩梦世界》(*Colours*)，缅想起当日与迈可初次晤面的情景，使我不禁黯然。身旁是一泓清水，紫花环绕，忽然忆起迈可的诗《紫瓣飘落》(*Purple Petals Fall*)：

> 紫瓣飘落于
> 静止的湖上
> 湖水哭泣
> 为一张逝去的脸庞
> 那脸永不会再次
> 映照于湖面
>
> 紫瓣飘浮于
> 静谧的空中
> 宛如音乐[1]

迈可当年赋诗时，难道已预见了今日的场景吗？这时候忽然有只白色的蝴蝶翩翩飞来，在我头上回旋飞翔，萦绕不散，良久，才飘然而去，消失无踪。

迈可的好友罗莉安及安格斯为诗人漏夜赶出优雅别致的纪念册，分发给众友。小册子中，除了友人的悼辞之外，更刊载了诗人早年珍贵的照片，包括了婴儿、少年及风华正茂时期的留影，

---

[1] 中译编收在《彩梦世界》（金圣华翻译）诗集中。

以及毕生著作的封面，使人得知这跨越90年的生命，是如何天才横溢，如何丰沛完美。直至最后的岁月，诗人仍创作不辍，诗情洋溢，完成了毕生最成熟的力作——*The Enchanted Garden*，共一百多首诗。

追思会接近尾声时，罗莉安把一条白底泛红、貌似锦鲤的小鱼Koi放生在池塘里，小鱼因久困胶袋，初入池中，踯躅不前，犹疑试泳于朵朵白色的大理菊间，然而不旋踵，即倏忽畅游而去。

"久在樊笼里，复得返自然"，布迈恪教授如今想已摆脱尘缰，不再受名利之束，不再为生死所拘了。他必定会在另一个大化之境，以彩笔在诗页上、画纸上继续创作，从而挥洒出绚丽多姿的"彩色之梦"，营造出另一个更加缤纷的"彩梦世界"。

2008年9月17日初稿

2023年5月9日修订

"经受折磨,就叫锻炼"
——怀念杨绛先生

  初次会见杨绛是在20世纪的1985,已经是三十多年前的事了。那一回,香港翻译学会的执行委员发起跟大陆及台湾的交流活动,也许因为是第一次举办这种活动,也许是因为大陆改革开放不久,这么一个没有财力、没有后台的民间学术团体,居然在两岸都得到了高规格的接待。在北京我们拜会了各种机构,包括了地位超卓的中国社会科学院。当天出席的有名闻遐迩的钱锺书、杨绛伉俪,还有翻译高手罗新璋等人。我的座位恰好安排在杨绛和罗新璋中间,因此会上可以尽情向译界前辈讨教。杨绛十分谦逊,说是正在构思一篇有关翻译的文章,准备以慢镜头来剖析翻译的过程,探讨翻译的要诀。这篇文章后来发表时以《失败的经验》为题,阐述翻译时选字、造句、成章的步骤,及后改名为《翻译的技巧》,是我在翻译课上要求学生必读的精彩论述。
  坐在杨绛的身旁,自然会谈到她的经典名译《堂吉诃德》,

那时候年轻学浅,一出口就把书名中的"诃"字念成"kē"了,杨先生立刻纠正我,"这字念'hē',不念'kē'",说时,声音轻轻软软的,温柔而坚定。多年后,读了她的《我们仨》,才知道鹣鲽情深、极少龃龉的钱氏夫妇,居然曾经为一个法文字"bon"的发音,好好吵过一架。杨说钱的发音带有乡音,又经法国友人论断属实,弄得钱很不开心。自此夫妇俩决定凡事互相商议,不再争吵。由此可见两位大家历来对语言,对学问,对文化的执着和认真。我当时初识杨绛,就出了个洋相,虽甚觉尴尬,却衷心感念前辈不吝指点后辈的真诚与坦率。

那时候,大陆开放不久,一切都很保守,杨绛却穿了一身旗袍,配上她的优雅举措,诗书气韵,显得一派雍容,与众不同。这以后,我们保持书信往返。1988年香港翻译学会决定颁授荣誉会士衔予杨绛先生,由我撰写赞词。虽经竭力劝勉,杨绛还是恳辞邀请,不肯前来出席颁授典礼,当时不解,如今我终于明白,历经磨难、饱尝忧患之后,不求有名有声、只求有书有诗的钱杨二老,再也不愿意浪费共处的时间,去跋涉奔波,远离国门了。杨绛写了答谢词,要我替她在会上宣读。她的答词很短,但十分精彩,言语返璞归真,情感恳挚动人,最能表现出她那独特温润的风格,也最能体现出翻译的真谛和内涵:"翻译大概是没有止境的工作,译者尽管千改万改,总觉得没有到家。世界文学杰作尽管历代都有著名译本,至今还不断有人重新翻译,表示前人的译本还有遗憾。所以译者常感叹'翻译吃力不讨好',确是深知甘苦之谈。达不出原作的好,译者本人也自恨不好。如果译者自以为好，得不到读者称好，费尽力气自己叫好，还是吃力不讨好。"答词言简意赅，文如其人。的确，杨绛能用最平实浅显的文字，表达最深邃奥妙的含义，恰似她常以最温柔敦厚的态度，坚持最刚正不阿的原则。

颁奖典礼完成之后，杨绛给我来了封信，信里说："承费神为写赞词，不胜惭汗感激。顷得范君转来证书和你的来信，照片及剪报。照片上看到你这样漂亮的人物代我领奖，代我答谢，得意之至！专此向你道谢。"

杨绛待人宽厚，曾经欺凌他们一家的恶人，她都一一原谅，称之为"披着狼皮的羊"；对于她的后辈小友，她则喜欢称为"漂亮人物"或"小姑娘"，这是我每次登门拜访或电话问候她时，常听到的昵称。她的确是个内外兼美的典范，内心美，也欣赏美。每次拜访，只见她寓所中尽管陈设简约，朴实无华，但总是莳花不断，清芳四溢，与盈室书香交融相衬，哪怕是她九十大寿，因钱先生和爱女钱瑗弃世未久而心情落寞的当天，小楼上不见喜幛高挂，却有鲜花悦目。

曾经四访三里河，第一次去拜访就是杨绛九十大寿的日子。那天，她原是闭门谢客的，听到我来了北京，就答应让我登门造访。但是老人却在宽容中见执着，有所为有所不为。她知道我因为在北京"人生地不熟"，必须找个同伴前往，但我连说了几个名字，都遭否决，后来提到罗新璋，听到是这位社科院的老同事，翻译界出名有真才有实学的老好人，她欣然首肯说："罗新璋？好啊！"这以后，我每次去北京必定探望杨先生，四次中倒是有三次都是罗新璋陪同的。

前后四次，相隔数年，杨先生给我的感觉却是越来越健康，越活越精神。2000年她九秩华诞（以阴历计算）的那天，杨老形容憔悴，情绪低落，频频说别人过生时儿孙满堂，自己却形单影只，怎么劝她，都拒绝跟我们外出庆祝，连去吃碗简单的寿面也不肯。当时我们还在心中替她暗暗着急，不知道此后杨老丧女孀居的日子该如何排遣。2003年金秋时节再访三里河时，杨先生已经精神抖擞，重拾欢颜了。那时，她的《我们仨》面世不久，风行一时，而出版社前一天才送来《钱锺书手稿集》的样书，这才是她几年来孜孜不倦、努力不懈的成果。她兴冲冲地拿样书给我们看，只见书页上挤满了密密麻麻的小字，都是当年钱锺书钩稽史料的斑斑心迹，细看之下，发现这些批语和心得，竟然遍及中、英、法、德、意、西、拉丁等多种文字。这样如蛛网纠结、纵横交错的蝇头小字，若非杨绛在哀伤落寞的岁月中，收拾心情，悉力整理校阅，怎么可能有面世的一天？这使我忆起杨绛曾经说过，钱锺书先走一步，细心想来是件好事，因为她可以留在现场，打点清扫。别看杨绛外貌娇小柔弱，实则内心刚毅坚强，是个不折不扣的"女中豪杰"。早在杨绛当年生孩子进产院的那段时间，钱锺书一个人过日子，难免天天"干坏事"：第一天打翻墨水瓶，第二天搞砸了台灯，第三天弄坏了门轴，于是天天愁眉苦脸去向夫人诉说，扬眉女子听罢回答，"没关系，我会修"，让夫婿高高兴兴放心而去。就是这种"天塌下来让我顶"的精神，使当年的神仙眷侣虽历经浩劫，因彼此勉励，相濡以沫，而在极端简陋困顿的环境中渡过难关,并著述不断,创作不辍;也使晚年折翼,年届九十的杨老昂然坚挺下去,在夕阳余晖中,重新焕发出灿烂耀目的生命力!

谁会想到87岁时病歪歪,走路得扶着墙壁的杨绛,在钱锺书逝世后,竟然独自一人守护小楼十八载?三里河的寓所,曾经让坎坷一生的杨绛欣然说道"好像长途跋涉之后,终于有了一个家";也让她在晚年痛失亲人之后怅然慨叹,"三里河的家,已经不复是家,只是我的客栈了"。杨绛就是在这个"客栈"中,发奋图强,89岁时,翻译柏拉图的《斐多》;92岁时,发表《我们仨》及整理出版《钱锺书手稿集》;96岁时,出版《走到人生边上——自问自答》;103岁时,发表小说《洗澡之后》。除了写作,杨绛还天天勤练书法,每次登门拜访,总看到她那书桌上宣纸四散,大楷小楷布满纸上。

有一回,她让我坐在身旁,跟我慢慢聊天,轻轻闲话家常。"你妈妈几岁了?"她问。"她是1911年出世的。""那不是跟我同年吗?几月生日?""阴历六月。""那不是同一个月吗?"结果一算,两人都属猪,同年同月生,杨绛只比我妈妈大一个星期。她们都生于那个国家多难、充满忧患的年代。妈妈不在了,眼前的老人却健朗如松柏常青,冥冥之中,让我觉得对这位才学超卓的大家,除了景仰敬佩,又添了孺慕之情,她不再是高山仰止的偶像,而是常惦心中的长辈。

杨绛在《干校六记》中说,"经受折磨,就叫锻炼"。在我经历人生最痛时,总是想起她那睿智的话语,心底明白,有她在前面领路，这条路尽管难走，也一定走得下去。不错，阅读可以忘忧，写作可以疗伤，杨绛多年来身体力行，给我们示范了最佳的榜样。

如今105岁的老人已飘然远去，但是灵魂不灭，精神长存，我深信，她仍会以毕生辉煌的大业，继续在前面为后学引领，照亮我们的迢迢人生路！

2016年6月2日

一斛晶莹念诗翁

　　船行水上，海阔天空，一片汪洋伸展无涯，平静如镜，此时脑海中却波涛起伏，风急浪高；心底里一直惦记着，悬挂着，忧虑着，不知远在高雄的诗翁，此刻是否已渡难关，安然无恙？

　　赴澳旅游，出发前骇然得知余光中先生抱恙入院的消息，不由得心急如焚，忐忑不安。才一个多月前刚赴高雄参加中山大学为余先生庆生的盛会，当时他精神矍铄，言笑晏晏。明明记得他应邀上台，不肯坐在大会为他准备的座椅上，偏要站着演讲，一讲半小时有多，一贯的妙语如珠，机智风趣；明明记得他会后与亲友步出阳台，眺望西子湾的夕照晚霞，并与众人合照留影，一派闲适自如；明明记得他在会前的晚宴上与后辈打成一片，伸手做出最为流行、表示"love"的韩式手势，笑得开怀，难道这一切都会转眼成空，不可再追？

　　邮轮缓缓向南澳驶行，船上联络不便，于是每到一埠就急忙上岸，打开手机查看消息，突然，噩耗传来，余先生已于12月14日溘然长逝，霎那间，南太平洋澄碧的海水，变为一汪苍茫的幽蓝！

接着，《明报月刊》潘总来讯，痛陈诗翁离世，天下同悲，拟刊特辑，以示悼念。潘总嘱我将原已在《月刊》发排，将于1月刊登的拙文《一斛晶莹》略事修改，并务必在19日返港之夜立即交稿，以便赶及在次日付梓。

《一斛晶莹》原本记载着早前有幸为诗人庆生，与其共度八九寿辰正日的经过，在此谨以一瓣心香，敬录如下，以为纪念。

* * *

那天是余光中先生的生日（重阳佳节）正日，两天前高雄中山大学特地为他举行了一场温馨贴心的庆生会，会上发布了"余光中香港岁月"的录像带。这天下午寿翁就安安静静地在寓所休憩。一大盆贺寿的兰花，黄花红芯，开得灿烂。我们（秀莲与我）坐在余府的客厅，一边吃水果，一边轻松自在地闲聊，午后的斜阳缓缓照入窗扉，今年有闰月，重九茱萸的日子在台南，已经不再燠热了。

看到师母搁在桌上的一副眼镜，眼镜绳由密密细细的珠子串成，精致纤巧，色彩斑斓，问师母哪里买，"我穿的呀！"这才记起她是串珠高手，多年来收藏的珍珠玛瑙翡翠白玉，都已经化成一串串典雅美丽的长链，在丽人玉颈上焕然生辉。"我们有好几个朋友都喜欢串珠，其中三人的作品有一次应艺廊邀请展售，那总得想个名字呀！于是请余先生赐题，他说就叫作'一hú晶莹'吧！""什么hú？""'角'字边那个呀！"这才猛然想起是"斛"字，好个优雅贴切的名字！

"斛"是个古典的量词，与"斛"有关，最为人所知的大概是唐明皇宠姬梅妃江采萍和贵妃杨玉环争风吃醋的故事。梅妃写下《一斛珠》，流传后世。

其实，著名的诗人都是善于使用量词的，余光中驱文遣字尤具特色，除了他那脍炙人口的《乡愁》，其他诗句中运用得出神入化的量词，更俯拾皆是，随手拈来的有"一截断云"（《山中传奇》）、"一弯灯光"（《也开此门》）、"一幅……绚艳"（《金色时辰》）、"一片水蓝"（《保力溪砂嘴》）、"一扇耳朵"、"一盏眼睛"、"一面灵魂"（《在多风的夜晚》）等。不错，诗人是诗歌接力赛中的健将，他的那一棒是"远自李白和苏东坡的那头传过来的"，因而能在作品中秉承传统而又推陈出新。

"一斛"是个量词，古时为十斗，后改为五斗，那"晶莹"呢？又有何所指？余诗人在结婚30周年时，为夫人写下了情真意挚的《珍珠项链》一诗，他在诗中说："三十年的岁月成串了/一年还不到一寸，好贵的时光啊/每一粒都含着银灰的晶莹/温润而圆满，就像有幸/跟你同享的每一个日子。"不错，余光中伉俪数十年来携手同进，相濡以沫，每一个相依相守的日子，都饱含着"晶莹"，温润如玉，圆满如珠。

余光中先生毕生孜孜矻矻，为华夏文化守护着"最后一盏灯"，范我存夫人一生殷殷相随，守候着永不言倦的"守夜人"，如今两人已经度过60周年钻石婚了。夫人把爱婿原拟购买钻石的款项，悉数捐作慈善用途。余先生的辉煌业绩，恰似一粒粒绚丽矜贵的珠玉，晶莹耀目，而余夫人在旁默默支持，就如巧手中那股坚韧绵长的锦线，将珠玉穿连成串，化为瑰宝。"一斛晶莹"，多少个饱含幸福的日子，构成了鹣鲽情深的圆满和丰盈！

午后闲聊中，余先生提议不如大家来个诗歌接龙，一人即兴吟唱首句，一人随后串联成诗。背诗不是我的强项，我说还是让诗翁爱徒黄秀莲上阵接招吧！

谈笑间日影西斜了，来客与主人一齐起座，外出共膳。余夫人悉心打点一切，细细检视着余先生的衣着，最要紧的是戴好帽子，带上拐杖；眼药拿了，鞋子呢？绑好鞋带了吗？不会绊脚了吧？待一切安排妥当，再由女儿幼珊从旁带领，一行人缓缓下楼。夕阳下，爱河畔，俪影成双，波光激沌中，但见一斛晶莹！

那晚，由我和秀莲作东为诗人庆生，与余氏伉俪及幼珊一行五人前往一家精致的斋菜馆共膳贺寿。当晚诗翁胃口甚佳，兴致甚高。饭后下楼，余师与高足仍然在背诵古典诗词，从李白、杜甫、苏东坡到龚自珍，你一言我一语，两师徒一唱一和，沉浸在诗情雅韵中，浑然忘我，乐此不疲，这个动人的一刻，将在记忆中永不磨灭！

* * *

余先生，在毕生晶莹澄澈的华光映照下，如今您已进入了永恒，从此——

不必再滴眼药，扰人的眼疾，再也肆虐不了您那敏锐明净的双眸；

不必再戴厚帽，凛冽的寒风，再也吹袭不了您那睿智无双的头脑；

不必再拄拐杖，崎岖的路径，再也阻拦不了您那矫健锐行的步伐；

不必再系鞋带，绊脚的细绳，再也捆绑不了您那自由无拘的灵魂！

不必再背古诗，从今以后在华夏诗歌延绵不绝的长河上，后学晚辈琅琅背诵的，除了李诗、杜诗、苏诗，必然还有不朽的余诗！

2017年11月27日初稿
2017年12月19日定稿

将人心深处的悲怆化为音符
——怀念钢琴诗人傅聪

电话那端,传来傅聪夫人Patsy的声音,低低的,却沉稳:"我在教琴,可否过一会儿再通电话?"那天是2020年12月31日,傅聪走后的第三天。

我知道她会挺过去的,各地问候的电话不断,吊唁的电邮如雪片飞来,她要处理的事物太多了,相依相守数十载的伴侣骤然离世,难免哀伤欲绝,但是,对音乐的尊崇,对艺术的大爱,仍然要继续下去,为他,也为自己!于是,她收拾心情,让哀思伤痛化为一片乐韵琴声,在传授下一代的庄严任务中,向钢琴诗人寄予至恳至切的祝祷!

我也深信,傅聪虽然不幸让新冠病毒夺去生命,他并没有离开,他永远都在,活在我心中,活在全世界热爱音乐、热爱文化,能明辨是非,有独立思想,俭朴纯真,怀有赤子之心,即一个大写之"人"的心目中!

不过是几个月前，还在疫情之中向傅聪、傅敏分别致候，得知他们安好，心头放下大石。谁知道事情竟然会如此逆转？

40年的友情，像一棵繁茂的绿树，怎么就这样突然枝断叶萎，令人神伤！回忆1980年农历大年初一，我因为要研究傅雷，从巴黎渡海到伦敦去拜访傅氏昆仲，当时慑于傅聪的盛名，不免紧张，对他的了解也不够，只知道他是名闻遐迩的钢琴家，还以为他早年去国，也许跟父亲没有那么近，直至后来阅读了傅雷写给他的许多书信，才开始了解父子之间的似海亲情，傅雷对傅聪的期许之深、爱护之切，的确世上难见！一封封信经苏联辗转寄到英国，书传万里，载满了几许关怀与思念！这批家书，包括了傅雷写给当年儿媳Zamira的英法文信，承蒙傅氏兄弟对我信任，相识不久就嘱我把这些信件翻译为中文。

1982年初，傅聪来港，因为翻译《傅雷家书》的事来电相约，我们在他半岛的房间见面。交代完要办的事之后，他的话就滔滔不绝而出，记得他含笑说："你上次来我家，留下了一顶黑色的Beret，帽子一时不见了，一时又出现了！"说得那么随意，就像是个相识多年的老朋友，使我一下子就放松下来。他一旦说起了头，就一直说下去，我根本不需插嘴，而绝无冷场。艺术家的热情、爽朗、纯真、不矫揉造作，直叫人暖透心底。虽然是第二次见面，他却跟我吐露了许多肺腑之言，大概有真性情的人，不再受拘于虚伪的客套，更无须在世俗的外围兜圈子，在适当的时地，三言两语，就可以直扣胸臆、触动心弦的。

这以后，傅聪多次来港演奏，每次他必定为我留票，相约晤面。记得一次又一次听完演奏后,去后台找他,总见到他换好唐装,点上烟斗,一个人静静坐着,默默思量,脸上的汗水涔涔流下。我曾经问过:"你每次上台演奏,会不会紧张?""当然会啊!人家说心里小鹿乱撞?我心里有几十只小鹿呢!"多年后,我看到别人对他的访谈,他说:"每一次音乐会,对我来讲,都是从容就义。"试想一个毕生奉献音乐的虔诚信徒,每日练琴十小时以上,深信自己"一日不练琴,观众就会知道"的钢琴家,数十年来演奏过千百次的老手,居然把每次上台,当作一次"从容就义",而不期然透显出一股悲壮的激情,怎不使人听了既叹服又心疼?不但如此,每次演奏后,尽管观众反应热烈,如痴如醉,问傅聪自己,他总是眉头深锁,长叹一声,几乎没有一次感到满意的。

傅聪是个彻头彻尾的理想主义者,对于音乐,他极为谦卑,自甘为奴,以勤和真来悉心侍奉。他一辈子的生涯,就处于勤奋不懈、永远追求的状态,活得十分辛苦。在家里,他是个中古世纪的修道士,常想躲在一隅,专注音乐,不问世事,偏偏又古道热肠,对世态炎凉感触良多,对真理永远执着,难以排遣;在途中,他又像个摩顶放踵的苦行僧,每次演出,往往在演奏前一天才到达当地,行囊未放,已经迫不及待去练琴了;演出当天,继续练琴,上台前不吃晚饭,演出后精疲力尽;第三天又匆匆踏上征途,从来没有时间去游览或松弛。这样的日程,周而复始,贯穿了他的一生,使他承受着无比的压力,却又永不言弃。

傅聪的真,体现在他对音乐的追求,也体现在他为人处世上。他从来不会敷衍伪装,也从来不说假话。《傅雷家书》于1981年初版,1984年增订版中,收编了我翻译的17封英文信及6封法文信。虽说只有二十来封书信,当初接手这任务时,也的确战战兢兢,不敢掉以轻心。毕竟这是翻译大家傅雷的家书,要讨论傅译容易,要着手译傅则是另外一回事了。我必须通读全书,细心体会,悉力揣摩傅雷的文风,才能把他的英法文还原成中文。所幸这一次的尝试,得到了傅聪的嘉许,他说:"你翻译的家书,我看起来,分不出哪些是原文,哪些是译文。"他的这句话,是我这辈子从事翻译工作所得最大的鼓励,我一直铭记在心,直到今天。1996年,傅聪重访波兰,发现了当年傅雷致傅聪业师杰维茨基教授的14封法文信,这批信又于次年交在我手上。信中的措辞是非常谨慎而谦恭的,礼仪周到,进退有据,因此翻译时需要格外小心,以免不符傅聪的要求。这批信是参考傅雷致黄宾虹书信的体裁翻译的,完稿后傅聪说:"啊呀!怎么你还会文言文啊!"一句肯定,就将所有的辛劳一扫而空。1999年梅纽因去世,遗孀狄阿娜夫人将一批傅雷当年写给亲家的法文信件交还傅聪,这批信件内容丰富,除了涉及两家小儿女的闲话家常之外,也包含了不少对人生的看法及对艺术的追求等严肃的话题。收到这第三批信时不由得心中琢磨,家书用白话来翻,杰老师的信用文言来译,这批信又该如何处理?就用文白相间的体裁吧!谁知道初稿完成后,傅聪一看并不满意,他可不会客气:"这语调,又不文又不白,怪怪的!"结果,我得努力揣摩傅雷致友人如刘抗等人的书信,以一松一紧、骈散互济的方式,取得了文白相糅的平衡,九易译稿之后才拿给傅聪看，终于得到了他的认可。

傅聪最讨厌的是虚伪客套。1983年，香港大学颁授荣誉博士学位给他，我应邀观礼。典礼之后，在茶会上一大群人围着他索取签名合照，令他不胜其烦，结果他干脆谁也不理，索性避开了人群，拉着我躲到一个角落，悄悄问我，过一阵要去见一个什么闻人，那人到底怎么样？说时像小孩怕见大人似的，一脸尽显童真。对傅聪来说，俗套的仪式，例如众人聚集在公众场所高唱生日歌教他受不了，一堆乌合之众、不分是非黑白的群体愚昧更让他深恶痛绝！然而在私人的场合，谈得来的朋友之间，他是毫无保留，真情流露的。有一回，在晚餐后同往酒馆聊天，饭饱酒酣中，他忆起了少年往事，说到17岁时从昆明返回上海，沿途历经一月，困难重重，不知接受了多少善心人士的义助，才得以返家，说到激动处，不禁热泪纵横，难以自抑！当然，多年相交，开心见诚时，也曾看过他最真诚、最坦然、如赤子一般的笑容，连他自己也说："不要以为我永远在那儿哭哭啼啼，没有这回事，我笑的时候比谁都笑得痛快！"（见《与郭宇宽对谈》）。

1989年中，当时我出任香港翻译学会会长，想到再过两年就是傅雷逝世二十五周年，也是学会成立二十周年了，何不邀请傅聪来举行一场"傅雷纪念音乐会"筹募基金，以推动翻译事业？话虽如此，学会是个毫无资源的民间学术机构，怎么请得起钢琴大师傅聪呢？这事必须他答应义演才行。于是，硬着头皮，鼓起勇气，写信征求傅聪的意见。1990年初，傅聪来电，表示1991年他决定来港演出纪念音乐会，义助香港翻译学会募款。当时一听，不由得惊喜交集，喜的是一个心血来潮的意念，原本有点像天方夜谭，居然得以如愿；惊的是自己虽喜爱音乐，但毕竟不是内行，要在无兵无将无财力的情况下去筹办一场募款音乐会，简直有点不自量力。但是为了不负傅聪的信任，还是决定订下了最大的场地文化中心音乐厅，并坚持楼上楼下2019个座位齐开，以期达到最盛大的效果。为了配合音乐会，我们同时举办了傅雷逝世二十五周年的纪念展览会，将傅雷生平的手稿、家书、生活照片等在香港商务印书馆展出，是为海内外傅雷生平的第一次布展。10月24日，傅聪、傅敏二人，一个来自台北，一个来自北京，于同日抵港。难得的是傅聪，10月29日才是演奏的日子，为了参加连串纪念活动，他居然提前五天来到，这可是绝无仅有的事。于是，我这主办者也就因此有机会贴身全程参与了他在演奏前悉心准备的过程。24日在启德机场接了傅聪，一到旅馆，曾福琴行就把练习用的钢琴送上房间，音乐家也就马上进入情况。随后的几天，他除了天天练琴，一律保持低调，谢绝采访。那几天杨世彭执导的话剧《傅雷与傅聪》恰好在香港上演，傅聪于首演当天在启幕后悄悄进场，散场前静静离开。至于傅雷纪念展览会，他也是在开展前默默去参观的。那些天，他心无旁骛，全神贯注在音乐上，誓要以最佳的演出向父亲致最深的怀念。演出前，我陪他去文化中心查勘场地，那是一套非常严谨的程序，傅聪要求的是一架音色最佳的钢琴，一个技术最好的特定调音师，一张最合适的琴凳，琴凳的倾斜面必须合乎某个角度，记得那天琴凳怎么都调校不妥，一时情急，我还得速召外子从家里送个垫子来。10

月29日的纪念音乐会，终于在全场满座的盛况下顺利演出。音乐会后，兄弟二人终于可以松口气，坐下来慢慢谈心了。傅聪对傅敏说："要记得，我对政治毫无兴趣，但是正义感却不可一日或缺！"一句话，体现出一个真正知识分子光明磊落的胸襟与风骨！

这场音乐会，为翻译学会募集了数十万款项，成立了傅雷翻译基金，并支持了学会往后几十年的运行与发展。尽管如此，举办之初，仍听到一些目光欠缺的会员说，"翻译学会办翻译活动也罢了，搞什么音乐会！"他们哪里知道，傅聪以音乐来纪念父亲，是含有多重意义的。其实，只要真正了解《傅雷家书》的价值，就可以明白在对精神领域的追求上，傅雷与傅聪二人完全如出一辙。《家书》不是普通父子之间的闲谈，而是"艺术家与艺术家之间的对话"，他们畅谈艺术，纵论人生，而他们毕生从事的工作——文学翻译与音乐演奏，无论在形式或内涵上都彼此类同，再没有其他艺术范畴可以比拟！前者以文字表达原著的风貌，后者以音符奏出乐曲的神髓，翻译者对原著的倚重，恰似演奏家对乐曲的尊崇，两者在演绎的过程中，都有很大的空间去诠释，去发挥，但必须有一定的章法和依据，不能乱来。翻译家的自我，就如演奏家的个性，傅聪曾经说："真正的'个性'是要将自己完全融化消失在艺术里面，不应该是自己的'个性'高出于艺术。原作本来就等于是我们的上帝，我们必须完全献身于他。"（见《与潘耀明对谈》）。在这一点体会上，傅雷与傅聪完全是心灵相通的，他们父子二人，走的是同一条路！

在1992年跟傅聪所进行的访谈录《父亲是我的一面镜子》中，他坦承父亲性格中的种种矛盾，如愤世嫉俗而又忧国忧民、热情洋溢而又冷静沉着，以及毕生历经的多重痛苦与磨难，似乎都由他承受下来了。傅雷处事冲动，傅聪指着自己那张俊脸上唯一的缺陷——鼻梁上的疤痕，回忆起童年旧事："他在吃花生米，我在写字，不知为什么，他火了，一个不高兴，拿起盘子就摔过来，一下打中我，立即血流如注，给送到医院去。"傅聪认为自己也常常冲动，他曾经对我表示，"我的名字音对了，字不对，我该叫做傅冲，林冲的冲，不是聪明的聪！"这固然是他面对着沉重的历史包袱，个人的、家庭的，中国人良知的包袱而压得透不过气来时的感喟，然而在沉静下来时，却又人如其名——"听无音之音者谓之聪"（《淮南子》），其实他内心深处笃信的，是不必宣之于口却永远存在的真理，一种"larger than life"的至高境界。诚如李斐然在《傅聪：故园无此声》一文中提到，傅聪的勇气，也许可以说表现在他"没有做过的事情上"：他一不接受政治庇护，二不稀罕商业包装，即使因此得罪权贵，遭受排挤，亦在所不惜，君子有所为有所不为，名缰利锁，对他根本不起作用，他可真正做到了"人不知而不愠"！生活在这个滔滔浊世中，众人皆醉而独醒，傅聪与傅雷，都是希腊神话中先知卡珊德拉一般的人物！

1998年，中文大学新亚书院成立五十周年，为了庆祝金禧并筹募款项，当时的院长梁秉中教授嘱咐我邀请傅聪来港演出。傅聪如约前来，演奏会所选的曲目完全是萧邦的作品，包括最为人乐道的《二十四首前奏曲》。如所周知,傅聪是最擅长演绎萧邦的钢琴家,两人不但性情敏锐,天生气质相同,并且都历经过离乡别井的哀伤,对故国的思念同样刻骨铭心。傅聪曾经说过"萧邦好像我的命运",而他认为《二十四首前奏曲》是萧邦音乐中独一无二的伟大作品,练习起来,是一项非常艰巨的工作。然而我清楚记得,当晚在文化中心的演奏,是我多年来第一次听到傅聪自认为满意的演出;后台里,也第一次见到他笑容满面,如释重负的神态。音乐会后新亚书院在半岛酒店设宴庆祝,餐桌上,傅聪与金耀基教授分别坐在我的两旁,一左一右燃起了两只烟斗,两位智者谈兴甚浓,隽永机智的话语,在烟雾缭绕中来回飘送,这是我第一次感到笼罩在二手烟下竟也其乐融融!

因为那次演奏,我在1998年夏曾经去伦敦造访傅聪,请他提供一些近照和简介,他居然面有难色,一时里不知道如何去找,结果好不容易在钢琴底茶几下翻出了几张照片塞给我。他对身外之物从来都不放在心上,他说因为经常去各处演奏,返英时带回一大堆不同国家的钞票硬币,统统放在纸袋里,丢在衣柜中。有一回Patsy收拾房间,看到柜子里一个皱巴巴的牛皮纸袋,还以为是废物,一把丢到垃圾桶里去。尽管如此,他那天倒是郑重其事地告诉我,有一篇诺贝尔文学奖得主黑塞(Hermann Hesse)谈论他音乐的文章,颇有价值,希望我有空时可以翻译出来,这就是我于2003年发表的黑塞《致一位音乐家》。

1960年,当时83岁的黑塞,通过电台收音机偶然听到了时年26的傅聪所弹奏的萧邦。一听之下,大为激赏,忍不住写下"太好了，好得令人难以置信"的字句。他认为那位名不见经传的年轻钢琴家所奏的萧邦是个奇迹，使他"感受到紫罗兰的清香，马略卡岛的甘霖，以及艺术沙龙的气息"，对他而言，这"不仅是完美的演奏，而是真正的萧邦"。他更认为傅聪的演奏，"如魅如幻，在'道'的精神引领下，由一只稳健沉着、从容不迫的手所操纵"，使聆听者"自觉正进入一个了解宇宙真谛及生命意义的境界"。其实，黑塞写完这篇文章之后，曾经印了一百多份，分发给知心朋友，希望能这样把讯息辗转传到大约在波兰的傅聪手中。结果，黑塞于1962年就去世了，直到傅聪在70年代初重返波兰时，才由一位极负盛名的乐评家给了他这篇文章。因此，黑塞与傅聪，一位是心仪东方精神文明的文学巨匠，一位是沉醉西方古典音乐的钢琴大师，两颗热爱艺术的心灵，就如此凭借萧邦不朽的传世之作，在超越时空的某处某刻，骤然邂逅了！艺术到了最高的境界，原是不分畛域，心神相融的，两人因而成为灵性上的同道中人，素未谋面的莫逆之交，成就了一桩传颂千古的艺坛佳话！

傅聪虽然与萧邦气质相近，弹萧邦就像萧邦本人在演奏一般，但是这成就却得来非易，钢琴家除了长年累月勤于磨练之外，还悉心研究作曲家手稿，并到萧邦故居的旧琴上依稿揣摩，傅聪弹奏其他心仪作曲家的作品，如莫扎特、德彪西、舒伯特等，也一概如此，这就跟傅雷翻译巴尔扎克和罗曼·罗兰之前致力吃透原文，又何其相似！钢琴家多年来锲而不舍的努力，导致他的手指在中年后患上了腱鞘炎而痛苦不堪，我曾经在他演出前，于旅馆中帮他把撕成细条的药膏贴，一条条小心翼翼贴在他十个手指的四边，那时方才明白，原来止痛药膏贴是不能整张团团贴在手指周围的，因为这样会减低手指的弹性，影响演出的效果。傅聪多年来一直在这种艰苦卓绝的状态中练琴及演出，因此，他自认为满意的一场表演，就成为难能可贵的千古绝唱了。几年前我把这场演奏的录音带交给傅聪的忘年知音陈广琛，最近听说他正在积极筹划整理这个录音，希望能通过有心唱片公司的合作，让它得以现代化的方式重见天日，假如真能成事，广大的乐迷可就有福了。

傅聪当年由于父母的培育和熏陶，在热爱音乐之余，也喜欢诗词歌赋，更钟情地方戏曲。2008年6月，白先勇监制的青春版《牡丹亭》远赴英伦演出，我特地从中为傅聪安排了抢手的戏票。傅聪全家都去看戏，一连三天，非常投入。傅聪与白先勇这两位原本相识的性情中人，在音乐与文学上各领风骚的杰出大师，就因此在伦敦的剧院中，为中华文化的传承而喜相逢，为演出成功的愉悦而留下了难得的合影。白先勇曾经说，他之所以写作，是希望"把人类心灵中无言的痛楚转化为文字"，那么，跟他意气相投的傅聪毕生努力所致的，岂不就是要"将人心深处的悲怆化为音符"？

2013年10月27日，傅雷伉俪自1966年以死明志以来，经历了47年的漫长岁月，终于由有关单位在浦东墓园举行安葬仪式。那天傅聪跟儿媳以及傅敏夫妇来到墓前行礼致敬。自公墓移出的小小骨灰盒仿佛有千斤重，从傅氏兄弟二人的手中缓缓垂放鲜花围绕的墓穴中。傅聪的背影微驼，步履沉重，毕竟是望八之年了，然而更沉重的应是他内心深处的伤痛。墓旁朴素的灰色碑石上刻了两行字——"赤子孤独了，会创造一个世界"，这是傅聪所选傅雷的话语，他坚持在父母的墓碑上，不能安置浮夸的雕龙饰凤。如今，傅聪自己亦已大去，不知道是否已与父母在赤子的另一个世界里重逢？

12月31日，致电北京问候傅敏伉俪，夫人哲明告诉我傅敏在服药之后，情绪方才稳定下来。12月28日白天得到英伦消息，说傅聪仍在医院留医，但到当天晚上将近午夜时分，傅敏突然哀恸不已嚎啕大哭，说怕哥有不测！第二天一早噩耗传来，傅聪不幸于28日下午三时许逝世，北京伦敦两地时差八小时，正好是傅敏悲从中来的时刻！兄弟二人，手足情深，虽相隔万里，冥冥之中仍心灵相通，难舍难离！傅聪弥留之际Patsy与次子凌云都守候身旁，他临终时说了两句话："我想傅敏，我想回家！"

傅聪曾经说过，音乐的奇妙，是"能把全场的人都带到另外一个世界……使人们的灵魂得到净化"（见《与华韬对谈》），他更说过理想境界永远无法达到，世间没有完美，恐怕唯有死亡，才能臻完美。如今，他已以八十六年的岁月，在滚滚红尘里人琴合一，自淬自励，咽下生命的苦杯，酿出救赎的甘醇。百年一遇的一代琴圣，从此安然回到天家，达致完美，留下清越琴声美妙天籁，抚慰一代又一代世人悲怆的心灵！

2021年1月8日

万古长青忆神农

消息传来,"杂交水稻之父"袁隆平撒手尘寰了!怎么可能?他在我心目中永远那么精神奕奕,老当益壮,甚至连"老"都扯不上,是位活力充沛、永不言休的"现代神农"!查阅资料,才醒悟他已届九一高龄,此次大去,也可说是安享天年了!

第一次见他,是在2001年7月3日。那天,袁隆平先生以"伟伦访问教授"的身份,来香港中文大学举行公开讲座。袁教授的讲题是"我国杂交水稻的现状和展望"。说起来,这样的题目,对于我这个"四体不勤,五谷不分"的文科城市人,原本不会具有吸引力。我为什么要出席去聆听呢?原来是为了奉命替袁隆平撰写赞词而去接受恶补的。自从1996年开始,我就出任中大荣誉博士及荣誉院士颁授典礼的赞词撰写人,这是一项很特殊的任务,每位荣誉领受者,都是成就卓越的翘楚,能够为他们写赞词,是我的机遇和荣幸,当然必须尽心尽力,好好准备。我前前后后为中大写过几十篇赞词,撰写的对象遍及各行各业,每一次,我都坚持不可仅靠档案里的履历来依书直说,而必须事前跟当事人进行专访,亲睹大师的风采,聆听他们的教诲,下笔才能传神生动。曾经写过季羡林和饶宗颐这样的国学大师,余光中和白先勇这样的文坛巨擘,准备时固然要遍读他们的大作,虚心学习,才能领悟要诀,但是,文学毕竟是自己熟悉的范畴,仍然可以悉心揣摩,这一回,要去撰写有关"杂交水稻之父"的生平业绩,就实在有点忐忑不安,不知如何着手了。

记得那天讲堂上来了一位身量不高的讲者,头发粗短,皮肤黝黑,那脸上的纹路,一看就知道是长年累月暴晒在烈日下辛勤劳动的印记,假如不作声,你会以为他是一位乡间田陌上常见的老农。可是一开口,立即脱胎换骨,袁教授所做的科学报告,立论精辟,内容翔实,连串专门名词和重要数据滔滔不绝而出,让人听得出神、咋舌!听完了演讲,我对杂交水稻仍然不甚了了,然而心目中,却浮现了一幅春耕秋收、物阜民丰的完美景象!

第二天,经校方安排,让我跟袁教授做一次专访。这次专访,终于使我弄清楚什么是水稻的特性,为什么解决世界粮荒,要依赖杂交水稻。原来自古以来,我国一直"四海无闲田,农夫犹饿死",主要的原由,除了苛捐杂税,还因每亩田产量不足所致。坊间向来有"民以食为天"的说法,既然粮食不足,那就表示"天"有缺口了,袁隆平教授有见及此,乃矢志肩负起"补天"的重任,在这个意义上,他不啻是"现代女娲"。如何补天?原来必须从选择优良的稻种开始。

袁隆平于1953年自西南农业大学毕业后，给分配到湖南安江农校任教。湘西黔阳地区，乃千古蛮荒之地。到了60年代，国内发生饥荒，这位年轻的有心人刻苦钻研遗传学，想方设法要在田野里发现穗多粒大的特异稻株，经历了屡试屡败、屡败屡战，终于以孟德尔的遗传分离律，悟出了个中奥秘，发现了"天然杂交水稻"的特性，并从1964年开始，以三系配套，即通过培育不育系、保持系、恢复系的方法，来利用杂种优势，正式展开培育人工杂交稻的课题。在培育的过程中，困难重重，挫折不断，直到1970年底，才在海南崖县（即今三亚）发现一株花粉败育的野生稻（简称"野败"）；1972年培育出首个水稻雄性不育系；1973年育成首个杂交水稻强优组合；1975年制种成功，1976年将成果大面积施行推广。

记得当时袁教授跟我解释这一连串的业绩和数据时，看到我似懂非懂的模样，一定觉得有点吃力，尤其发现我对于杂交水稻何以只有一代没有第二代的情况，显得一窍不通时，他更没辙了，望着我茫茫然的眼神，他只好耐着性打个比喻："你知道啊！马跟驴交配，生出骡子，骡子可不会生骡子的呀！"接着，他实在按捺不住，索性从椅子上站起身来，绘声绘色演示一番，"水稻是雌雄不同株的"，这我可有点明白，好像听说过木瓜也是这样的！"父本，母本，是要分开种植的，每次父本种两行，母本就要种十二到十六行，中间相隔两米。抽穗时，要把花粉从父本赶到母本去，用绳子一拉，哗啦啦，这花粉呀！就像打石灰一样啊！全都吹到母本那里去了！"他说得起劲，我听得高兴，尤其是他那略带四川口音的演绎，活灵活现，简单明了，把我这个科学盲似乎也调教得头头是道了！

那次专访，袁教授还跟我讲了许许多多有趣的故事，关于他的童年，他的出身，他学农的起因，他奋斗的经历，成功的信条，奉行的格言，喜爱的嗜好，等等。其中最使他津津乐道的是母亲对他的教养。原来袁教授原籍江西，生于北京，于湖北武汉就读小学，在重庆长大成人，毕业后去湖南就业，这到处奔波迁徙的结果，使他成为善于驾驭南腔北调的语言天才，而母亲原籍江苏扬州，曾任小学教师，也是儿子的英语启蒙老师，因此袁隆平自小说得一口流利英语，使他在日后出入国际会议、外交场合时，一开口往往挥洒自如，技惊四座。在我访问期间，袁教授每当说得兴起或表示认同时，就会一叠声以"Yes，Yes，Yes"来加重语气，他那兴高采烈的神情，显得一脸直率与童真！

2001年12月中文大学颁授荣誉博士的当天，袁隆平因正随同国家领导人访问南美而不克出席。校方乃安排另一场合，待他远访归来，再莅校接受荣誉。那一天，校长李国章特地在"见龙厅"设宴招待。袁教授一进门，看到我也在座，马上高高兴兴地嚷道："你是个作家嘛！"原来，他看了我写的赞词，除了将他所传授有关科学的心得规规矩矩表达出来之外，字里行间还是忍不住增添了一些文学色彩。赞词的起首是这样写的："早春时期，秧苗秀秀，一片新绿；晚秋时分，稻穗累累，万顷灿金，这一幅春耕秋收，物阜民康的图画，正是我国自古以来千家万户梦寐以求的景象，如今，神州大地上，梦想成真，良田处处，而促成这一切的幕后功臣，就是培植'东方魔稻'，创造'绿色神话'的'杂交水稻之父'袁隆平教授。"

那天，在午宴席上，袁隆平教授面对着满桌菜肴，似乎兴趣不大，但是吃完一碗米饭后，倒是再要了一大碗，他说，餐餐进食，即使只有酱油相拌也不打紧，大米饭可是必不能少！席间，他还殷勤邀约传讯及公关处处长许云娴和我去湖南长沙，他说会带我们到农地里去探望他的心肝宝贝稻米田。当然，假如成行，我想最爱骑车天天下田的他，一定会骑着摩托在前面威风凛凛地开道和引路！

2016年，第一届"吕志和世界文明奖"举行颁奖典礼，我因为曾经参与筹划经过，所以应邀出席。当天，袁隆平教授因促进世界粮食供应的杰出贡献，而荣膺其中"持续发展奖"的得主。在席间遥望袁教授在讲台上精神抖擞、侃侃而谈，感到衷心喜悦，虽然知道袁教授不会在意数目庞大的奖金，他连2000年国企"隆平高科"上市，手拥逾亿股票都俭朴如故，毫不在乎，然而这项特殊的荣誉，表扬了他毕生心系寰宇、为天下黎民解决粮荒的宏愿，肯定了他多年来孜孜矻矻、百折不挠的勇气和壮举，的确是实至名归，令人振奋的。

那是我最后一次见他。如今，他已经飘然归去了。天堂里，应该是绿苗秀秀，金穗累累，没有粮荒的，袁教授可以卸下重任，跟他最喜爱的舒伯特去畅谈音乐，或悠悠闲闲地拉小提琴作乐了！

2021年5月28日

怀念罗新璋
——淡泊自甘的"傅译传人"

2022年2月22日,正月廿二,星期二,明明那天早上还不停收到手机上的种种讯息,说什么这是个让人开怀、千年一遇、连续9个"2"字的吉祥好日,为什么到了晚上就收到好友罗新璋与世长辞的噩耗?难道是上天的恶作剧,让人先喜后悲?抑或是一个谦逊的译家,一辈子沉稳恬淡,远离红尘,连辞别人世的当天,也要挑一个看来普天同庆的日子,独自悄悄飘然远去?

我是1981年10月19日在北京第一次见到罗新璋的。那次我因事赴京一行,在那里约见傅敏,他带了罗新璋一起来,我们三人在北京饭店共进午餐。罗新璋给我第一印象就是个平易近人的谦谦君子,脸上挂着祥和的笑容,一副大大的宽框眼镜,说起话来语调急促,带着浓浓的江浙口音,虽在北京待了几十年,跟标准京片子可一点也沾不上边,倒是让我听起来倍感亲切,后来才发现他原籍浙江上虞,竟然是我的小同乡。

那次会晤，相聚的时间不长，傅敏却带来了许许多多宝贵的资料，包括傅雷的英法文书信，主要是写给傅聪当年的夫人Zamira的，并且嘱咐我有空时把这些信件翻译为中文。事后回想，罗新璋当时在场，他又是鼎鼎大名的"傅译传人"，曾经翻译过傅雷致罗曼·罗兰信件，傅敏没把这批家书交给他，反而交给我这个后学去翻译，实在令我有点赧颜，也许是因为这批信件包括英法两种文字，傅氏昆仲为了省事，决定交给同一个人去办妥吧！难得的是，罗新璋一点不以为忤，还在旁对我殷切地多加指点，这种泱泱气度，令人感佩！

1985年，我随同香港翻译学会执行委员会一起去访问国内翻译界先进，第一站是北京。由于当时改革开放不久，对于接待香港来的学人，规格很高，我们去拜访中国社会科学院外国文学研究所时，连所里元老级的大人物都赏脸参加了。当时出席的有钱锺书、杨绛、叶水夫、卞之琳、罗新璋等学者专家。我的座位恰好安排在杨、罗二人之间，可以就近跟他们交谈请益。

还记得，我对着杨绛，一开口就出了个洋相。我把杨绛翻译的《堂吉诃德》的"诃"字，念成"柯"音了，杨先生马上给我指正，要不是罗新璋笑眯眯地在一旁支撑着让我壮胆，我可能会觉得无地自容。有他在，看到他气定神闲、与世无争的模样，你就会自然而然定下心来。

此后，我跟罗新璋一直往返不断，我写了文章，翻译了作品，凡是寄给他看的，他总是不断鼓励，也不吝指正，该赞的赞，该说的说，一点虚言假话也没有。我们之间，绝无同行敌国的排斥猜忌，只有同道中人的相知相惜。说真的，我接触过那么多专家学者谈翻译的高论，有的洋洋洒洒，有的天花乱坠，然而谁都没有罗新璋说得那么言简意赅，一语中的。有一回，我收到他的北京来函，附有短短五百字的"译书识语"，其中所述的"译事三非"，精彩绝伦，读之令人茅塞顿开。

所谓的"译事三非"，即"外译中，非外译'外'；文学翻译，非文字翻译；精确，非精彩之谓"。这三句话，看来很浅显，其实想深一层，的确已把翻译的本质和要诀表露无遗了。很多人以为，翻译的文字，应该带半生不熟的欧化语言，看起来像外国话，才算保留原汁原味，殊不知，那是译者功力不逮或偷工减料的结果，就如杨绛说的，翻跟斗翻了一半，东倒西歪的，根本站都站不稳，这样的译文，让人看来别扭，读来拗口，怎么还有兴趣追看下去？翻译的原著若是文学作品，翻出来的译文，当然也得有文学意趣和品味，不能变成一堆毫无生命力的僵化文字。因此，翻译时搬字过纸，自以为把原文传达得精确无比，倘若不能再现原著的神髓，根本就不能自诩为忠实称职的译者。

罗新璋不但是出色的翻译家，更是高明的理论家，但是为人太谦虚了，在《中国翻译家辞典》中，名下的介绍只有短短数行；在他的散文集《艾尔勃夫一日》中的自我介绍，更只有寥寥数语："编有《翻译论集》及《古文大略》。辑有一薄本《译艺发端》。"他还不时自称为"一个没有什么译作的译者"，原因是他的译品，不是以量取胜，而是以质服人，所翻译的《特利斯当与伊瑟》《列那狐的故事》《栗树下的晚餐》等，莫不传诵一时。罗新璋不但在翻译手法上师承傅雷,在翻译态度上也追随傅雷,他是矢志要慢功出细活的。他翻译《红与黑》可是花了大功夫,每日凌晨四时起身,潜心翻译到七时,再精雕细琢,仔细修改,前后耗时两载,精益求精,才终于定稿,成为脍炙人口的经典名译。

1998年11月初,趁着赴京参加中国译协第四次全国理事会之便,我提出要跟罗新璋做个专访,正如所料,他起初不断推辞,说自己没有什么成就,不值得接受访问云云,后来,经我坚持,才终于答应下来。那一回,我们在北京西郊宾馆畅谈了三个小时,凡是译家多年来的学习过程、翻译生涯、翻译观点、翻译手法等详情,都尽情探讨,当然,最要紧的还是他把罗氏独门武功——如何于1957年开始,刻苦自励,不看电影不逛街,以多年工余光阴,手抄傅雷译文二百五十四万八千字;如何于1973年在巴黎国家图书馆抄录389件《巴黎公社公告集》并在回国后全部译出的惊人创举,和盘托出,娓娓道来。这篇访谈录,经罗新璋小心校阅,再三审定,完全反映出他那讲究而绝不将就、谦逊但毫不含糊的个性,完稿后,经他分别收编在自己的散文集和翻译论集中,应可确认为他十分重视及肯定的文献。

多年来,罗新璋曾经多次应我邀请来港参加学术活动,包括来中文大学翻译系讲学,接受香港翻译学会颁授荣誉会士衔,参加"外文中译研究与探讨"学术研讨会等,而我有一段时期,为了撰写中文大学荣誉博士的赞词,也经常要出差去北京访问名家如费孝通、季羡林、路甬祥等,因此我们就有机会时时会面。记得下榻的王府井饭店里,有一家韩国餐馆,区区500人民币的六人套餐,就丰富得佳肴满桌,我们一行人(罗新璋,夫人高慧勤[日文翻译名家];傅敏,夫人陈哲明;我们夫妇),每次都会在此相约饭叙,那开怀畅谈的欢乐情景,犹历历在目,可是当年共聚的这些亲人挚友,如今竟已六去其三,天人隔绝,思之神伤!

罗新璋的毕生成就,可以参阅我当年的访谈录,此处不赘,倒是有几件日常生活的小插曲,可以窥见在他虚怀若谷的性格中,那幽默机智、即兴率直而又细心周到的本质。罗新璋不赶时髦,但是永远衣履整齐,彬彬有礼。他喜欢拍照,有一次带他到香港山顶去观光,他俯瞰山下景色,显得兴趣盎然,接着忽然郑重其事地告诉我:"拍照要拍得好看,有个诀窍,你得侧着身体四十五度角,两只脚一前一后站。"这以后,我细心查看他所有的照片,果然都是以四十五度丁字脚拍摄的。

自从2000年开始,我曾经四访三里河,其中有三次由罗新璋陪同,原因也许是杨先生多年来由于访客众多不胜其扰,所以非常挑剔,闲杂人等一概不愿接见。每次打电话去要求拜访,她一定会问问谁陪我去。我一说是罗新璋,她就欣然同意。第一次去特别难得,那是2000年7月17号杨绛农历九秩华诞的日子。行前,我们琢磨着要买些什么贺礼,罗一想,说"她什么都不喜欢,我们买些fromage(法文奶酪)去吧!"杨绛当年曾经留学法国,罗新璋非常贴心地知道她的爱好,可惜当天北京商店里找不到好的奶酪,结果,唯有以巧克力代替了。2003年秋第二次跟罗去三里河,看到杨绛兴致勃勃地在小楼上练字,想向她讨一幅墨宝,她不肯,说等练好了字才能送人。罗趁老人不备,悄悄偷了一张塞给我，叫我藏好别作声，谁知道老人一转身望过来，我又老老实实招供了，结果给她一把抢了回去，使我追悔莫及。看来我的性格比起罗来，实在不够他的跳脱俏皮！第三回跟罗新璋去探访杨绛，我请老人为好友林青霞写几个字，老人对着卡片，正在沉吟踌躇，不知如何下笔时，罗立即提议写"佳人难得"吧！他的急才机智，令人叹服。

每次跟罗新璋在北京一同去访客，都是他骑着自行车来旅馆接我搭乘的士同行，完事后送我回旅馆，他才转身骑车，穿梭大街小巷而去。在我心目中，他永远健步如飞，矫捷利落，也许他在2017年摔跤之后，已经行动不便了，但是我不愿想也不愿接受。如今他已回到天上，摆脱了尘世的羁绊，应该不再受困于病躯的折磨了，但愿他从此笑颜重现，再无拘束！

2022年3月9日

后记：

3月10日跟浙江大学中华译学馆馆长许钧教授通电话，得知罗新璋在弥留时刻，向女儿罗嘉交托了后事，最重要的是，把他全部二十几本手抄傅雷译文的巴尔扎克小说（除了其中一本借给了上海南汇傅雷博物馆展览），以及当年在法国巴黎国立图书馆善本室抄录下来的五六百页珍贵文件（其中包括1978年翻译出版的389件《巴黎公社公告集》），全部捐献给中华译学馆库藏。这是一笔丰富珍贵的文化遗产，无论对文学翻译范畴或中法文化交流的领域来说，都意义非凡。

为人不忘"悟圣",处事乐闻"和声"
——怀念李和声先生

打开计算机,对着键盘,却怎么也无法按下去,因为不知道怎么落笔。早些年,原本跟李先生高高兴兴地说好,要替他写传记的,怎么现在变成写起怀念他的文章来?

早晨醒来做运动,每次伸展筋骨,一定会想起李先生的示范动作。不知道多少次,他曾经在上海总会二楼的会客厅中,兴致勃勃地告诉过我,每天早上,他都会躺在地板的运动毯上,拍打四肢,努力锻炼健身操。"运动完了,还会吃两个猕猴桃",他一心想传授保健的秘诀给我,一面说,一面露出慈祥的笑容,和蔼的双眼,眯成了两枚弯弯的半月。

上海总会二楼,在还没有装修之前,中间有个偌大的客厅,房里设置椭圆的长桌,平时可能是作为开会之用的,墙边放着舒适的沙发,墙上挂着李和声伉俪慈善演出的京剧照片。客厅安静,还有私人洗手间,李先生喜欢在厅里跟他心目中的"小朋友"饭聚聊天。

中午时分,李先生总是点三两招牌冷盘,几个素净可口的热炒,再加上生煎馒头或鳝糊虾仁面,菜一上,边吃边开始了让人难忘的"说书"时间。他一说话,那一口略带宁波口音的上海话就听来倍感亲切,更别提他一辈子转战南北商场叱咤风云的动人经历了,在他身上,似乎每个细胞都会渗出故事来。

李先生跟我爸爸认识,他们一群上海帮曾经在上海总会举办过"千岁宴",把十二个分属十二生肖的朋友聚集在一起,笑谈风云,畅论人生。李和声是其中最年轻的一位。因此,对我来说,他是既为父执辈,又像兄长似的人物。

一向知道李先生热心公益,对于推动文艺、扶掖后进,尤其不遗余力。其实,每次举办学术文化活动,例如为中文大学文学院筹办"新纪元全球华文青年文学奖",一开始并没有得到大学的任何赞助,所有费用一分一毫都得自己去募款得来,每次去筹钱,都是嗫嗫嚅嚅,难以启齿的,唯独对着李和声先生,一切都变得那么自然顺当,才一开口,话还没有说完,他就会豪气爽直地答应,"好!上海总会的庆功宴我包了!"那是他对我们第三届文学奖的承诺。那次,我们在上总宴开18席,李先生不但出钱还出力,他请了三桌在中大上课的内地生来捧场,另外,特地安排了余兴节目,邀约葛兰等票友来演唱京剧,与众同乐。

说起葛兰,她退休之后,热爱京剧,不但每星期来李先生票房票戏"吊嗓子",还是个对京剧艺术热心推广的中坚分子。记得2006年,我有一回应李先生之邀去看京剧,因缘际会,恰好坐在一对外国夫妇的身边。那位外国太太对舞台上的演出，非常好奇，然而又不明所以，于是，我就即兴跟她稍稍解释了一番京剧中花脸须生的台型、青衣花旦的扮相、演员挥动那根带穗的长棍代表快马加鞭等基本的常识，她听得津津有味，后来才知道这位女士原来是荷兰驻港领事夫人，也是全港领事夫人团体的主席。不久，她邀请我去半山府邸出席领事夫人的午餐聚会，并在会上讲授京剧艺术的欣赏要诀。众位夫人听了我的入门介绍，兴趣更浓。我把经过告诉了京剧达人李和声先生，他一听之下，马上提出一个构想，说不如邀请全港领事夫人来上海总会共进午餐，顺便在席上向大家示范京剧演出，他的邀请一出，反应热烈，几乎所有的领事夫人都欣然应允了。到了餐叙的那天，各位夫人依时出席，在上海总会二楼会客厅的椭圆长桌上团团围坐，精致的上海本帮菜，以西式进餐的方式一道道奉上，她们一面品尝美味的炒虾仁、小笼包，一面欣赏月琴京胡伴奏的京剧唱段，并聆听葛兰用英文讲解生旦净末行当的特色，度过了一个别开生面的文化雅叙。李先生对那次聚会感到非常满意，自掏腰包还特别高兴，他说："男士都是听太太话的，领事夫人学会了欣赏京剧，领事先生哪会不受影响？"看来，他无时无刻不以推广京剧、弘扬国粹为念。

　　李和声先生对京剧心神俱醉，不但入迷，几乎达到了痴的境地。李先生擅长京胡，夫人尤婉云则工梅派青衣，夫妻联袂，琴瑟和鸣，多年来赞助策划了不知多少次大型的京剧盛会，不但邀请鼎鼎大名的名伶要角来港，自己也粉墨登场，鼎力演出，使香港市民大饱眼福。李先生曾经说过"京剧是糅合唱、念、做、打、音乐、舞蹈于一炉的艺术,是任何其他文艺形式难以比拟的",他又告诉我,"在台上唱戏,二胡跟随京胡,京胡则跟随伶人,人琴必须合二为一。一把好的京胡要能'托腔保腔',与伶人完美结合,舒疾相随,方能收牡丹绿叶之效"。如今想来,李先生当年不仅在教我京剧窍门,还在传授我为人之道,的确,人生于世,岂可永远以牡丹之姿傲然独立,更多时候,必须退居绿叶,为身边友好托腔保腔方能相得益彰啊!

跟李先生聊多了京剧、音乐,甚至舞蹈,发现他是个才华横溢的艺术家,一时里甚至会忘掉他原本是位财经金融界的老行尊。他原籍宁波,生于上海,14岁"学生意",在如今年轻人玩手机打电子游戏的年华,已开始接触黄金、公债、棉布、棉纱等业务;17岁做买手;19岁自立门户,与友人开设金号。1950年自沪来港,由低做起,凭借待人以诚、处事以敬的作风,广结善缘,不久就闯出一片新天地。1958年与友人徐国炯、应子贤合伙经营顺隆行,享有"顺隆三剑侠"的美誉,公司的发展,也随着香港金融市场的拓广,而一日千里,欣欣向荣。

然而天有不测风云,更何况瞬息万变的股票市场,1987年,一场前所未有的股灾席卷全球,香港也不能幸免。在风雨飘摇的情况下,客户蜂拥而至,急于提取现款,当时顺隆行摇摇欲坠,唯独李和声先生一人秉承"受人之托,忠人之事"的原则,在惊涛骇浪中,挺身而出,独立承担。他不惜倾家荡产,力挽狂澜。"命可抛而名不可毁!"李先生跟我说起这桩故事时,我清清楚楚记得他如何凝神屏气、正色宣称。然而,李先生的气派和胆识，又岂止在这一场危急关头中体现出来？1997年香港回归，不久，金融风暴突然来袭，该年10月20日俗称"黑色星期五"，当天开始，连随三天，恒指暴跌，震惊世界！在此关键时刻，香港政府出面积极干预，李和声先生应邀相助，在整个"打大鳄"的过程中，运筹帷幄，出谋献策，在此生死存亡的战役中，担当了举足轻重的一环，也因此赢得了"孔明神算"及"御猫展昭"的美誉。2003年，香港在非典肆虐期间，经济萧条，房价暴跌，人心惶惶不可终日，李先生又一次展现了高瞻远瞩的睿智和眼光。他在这个时刻，力排众议，主张趁房价剧降的难得机会，上海总会应自资买下位于中环黄金地段的南华大厦作为会所，以便发展会务，一劳永逸。当时，董事会的全体会员都深恐亏蚀，坚决反对，唯有李会长一人豪气干云，拍拍胸脯说："由我买下南华大厦一楼与二楼辟为会所吧！此后若房价跌，上海总会无须负责；若房价涨，上海总会可按原价购入，作为永远会址。"像这般闻所未闻的建议，"假私济公"的善举，也只有李和声先生如此眼光独到、智勇双全的现代"侠客"，才能说到做到！多年来，在风云变幻的连串事件中，他那"独倚栏杆，浩歌长啸"的身影，总是使我不期然想起"一身转战三千里，一剑曾当百万师"的沙场老将来！

尽管如此，平日里看到的李和声先生，却永远笑容可掬，平易近人，像是个与世无争的老人家。他对朋友的关怀和照顾，简直到了无微不至、心细如发的地步。那些年，父母与老伴在前后六年中相继逝世，使我原本充满阳光的世界，骤然间从暖春变为寒冬，李先生得知之后，曾经想方设法令我开怀，使我振作起来。他在上海总会多次为我设宴，要我去邀请一大帮中文大学的"小朋友"来同乐，席上大家说故事、讲笑话，饭后再在会所附设的卡拉OK高歌跳舞，尽兴尽情。我们这一群朋友之中，人才辈出，有歌声嘹亮的歌王歌后，有舞姿妙曼的舞后，李和声先生处身这群年轻的"小朋友"之中，以歌技舞姿来说，可一点也不遑多让。众所周知，他的京胡拉得出神入化，誉满香江，可他原本是学唱京剧的，因长年累月工作于交易所而嗓音受损，才改弦易辙，学习京胡，因此，他一开口唱，就有板有眼，悦耳动听。他跳起舞来，平时略显福态的身躯，突然间变得灵活轻盈，无论是牛仔舞扭腰舞，都驾轻就熟，一点也难不倒他。群里的女士都争着跟他共舞，谁不喜欢有个舞技超卓而又幽默风趣、体贴入微的舞伴呢？

　　李先生为人知福惜福，他对人好，从不提起；人对他好，却经常挂在口边，感念不忘。2005年，他荣获中文大学荣誉院士名衔，由我替他撰写赞词，此后他每见我一次就夸一次，讲者有心，听者靦然。于是趁机问他："您有那么多故事，为什么不好好出版一本传记？我来替您写。"李先生一听，连连摇头，表示不妥。他可不是在说什么当事人活着，不能得罪朋友的场面话，而是由于出自内心，发乎真情的体恤和顾念。他不想将友侪之间的信任和交往，点点滴滴都暴露在公众的目光之下。尽管多次游说，他仍然不为所动，最后终于同意让我撰写《李和声先生传略》一文。在多次访谈的过程中，他曾经表示，毕生最大的安慰，就是2007年，李氏家族以"秉花堂李氏基金会"的名义，合资捐赠一亿五千万元为中文大学创立和声书院的善举。和声书院以"知仁忠和"为院训，旨在知仁义，重和德，培育人才，弥补了先生少时失学的遗憾。这篇传略收编在拙著《树有千千花》中。记得2016年夏新书发表的时候，李先生亲莅致辞，会后还跟大家一起到中华游乐会的庆功宴上高歌酣舞，尽情欢聚呢！

多年来，一直都跟李先生经常相聚保持联系的，记忆中，最后一次见他，应该是在庆祝他的哲嗣李德麟先生荣获中大荣誉院士的晚宴上。那是2019年的5月，不久后，香港时局动荡，2020年开始又新冠来侵，我们各自宅在家中，虽时相问候，却无法见面。李先生少用电脑及手机，然而通过他外甥邱先生的联络，我们仍不断互通消息：今年6月，收到李先生送来的蜜桃；7月，我的新书《谈心——与林青霞一起走过的十八年》出版，李先生曾经热烈致贺；9月举行新书发表会，与林青霞对谈的时候，得知李先生说，如非碍于疫情，必会亲临道贺。谁知道，世事无常，10月下旬，李先生竟然撒手尘寰，从此与他天人永隔了！

李和声先生毕生家和事兴，成就辉煌。他原名"悟圣"，14岁出道学生意时，由其先翁改名为"和声"（以沪语发音，两者相同），取其在社会上安身立命应"以和为贵，声气相投"之意。观其一生，为人则不忘"悟圣"，时时敦品励行，谨记圣贤的教诲；处事则乐闻"和声"，处处慷慨为怀，乐善好施，与众共谱一片和谐的天地！如此圆满人生，令人每每想起，心中都会涌现一股暖流和敬意。

2022年12月7日

当时明月在
——怀念林文月教授

打开书柜,一长排林文月的作品呈现眼前,有翻译、有散文、有论文,几乎占满了整整一层;拉开抽屉,一封封字体娟秀的书信映入眼帘,有卡片、有邮简、有信笺,甚至还有最为珍贵的手稿和复印件。

东翻翻,西看看,思绪茫然,不知道自己在做什么,至今,我仍然不敢相信好友林文月真的走了,正如她的爱子郭思蔚所说:"我们亲爱的妈妈,今天早晨安详地于加州奥克兰家中展开一段新的旅程。"对了,她没有消逝,只不过是展开另一段旅程,进入永恒罢了。

与林文月最早相识于1986年。那年12月,香港翻译学会执委,应文建会之邀赴台访问,与各大学及翻译界人士交流。记得在一次会上,与会的名家很多,有王晓寒、姚朋、黄骧等人,其中最令人瞩目的就是林文月,她静静地坐在席上,话不多,却娴雅端庄,仪态万千。那时,她已经译毕洋洋一百万言的《源氏物语》了,问她前后花了多少时间?"五年半。""出版后感觉如何?""寂寞。"她平静地说。

这以后,我跟林文月开始时相联系,并且经常互访,究其原因,不但因为我们是漫漫译途上的同道中人,而且因为大家学术兴趣类似,生活背景也大同小异吧!譬如说,我跟她都生于上海,自幼在温馨单纯的环境中成长,随后在台北度过青葱岁月。大学时,虽然她念中文系,我念外文系,然而毕业后不久,都返回母校执教,一待就是几十年,直至退休为止,从来没有另起炉灶的打算。除此之外,我俩的外子都非学术圈中人,然而对我们的学术生涯都竭力支持;虽然身为一子一女的母亲,我们却不甘当个全职主妇,在子女年幼时,分别出国进修,她前往京都我远赴巴黎,也因此在各自的学术领域中,取得了始料不及的突破。林文月在翻译业绩、散文创作和学术研究三方面,都出类拔萃、卓然有成,令人高山仰止,永远无法企及,然而我们的兴趣、爱好、努力的方向却是相契相近的,正如林文月在她替拙著《齐向译道行》所撰的序言中所说:"金圣华大学时代读的是英语系,其后留学法国,多年来她担任翻译系的教授,又致力于推广翻译工作。我虽读的是中文系,教授中国文学,但由于生长背景而具备中、日双语能力,也实际上做一些翻译工作,两人的兴趣和关注点接近,使我们在公私的场合上都有许多说不完的话。"

不错,我们之间的确有许多说不完的话。自从30多年前结识开始,我们曾经无数次相聚交汇,不是她请我去台湾,就是我邀她来香港。回首细想，过往几十年，林文月莅临香港出席种种学术场合——香港翻译学会的、中文大学翻译系的、新亚书院的、崇基学院的、全球华文青年文学奖的……，十之八九都是应我的邀约而来，所有我悉心策划的重要活动，凡是跟翻译与文学相关的，都有林文月的支持和参与；每次遭遇到困顿与艰辛，更因为有她在前面领路，而使我信心充沛、勇气倍增。

最记得1994年，林文月应我邀约，来中大新亚书院讲学，虽然我们平时经常聊天，我仍争取时间，跟她做了一次较有系统的专访。那是个十月天，香港最好的季节。她住在"会友楼"，从午后的窗口望出去，"吐露港"柔和地躺着，波光潋滟，秋阳下，轻帆点点，一切都显得那么宁谧、安详，窗外的风光，衬托着窗里女主人清秀端丽的姿容，恰似一幅精致典雅的仕女图。我给她带上一个日本的陶盆，插满了色彩鲜艳的小花，让爱美的她，在客居增添缤纷；她为我泡了一杯柠檬茶，加两匙蜜糖，体贴地说"初秋干燥，润一润喉"。

话匣子打开了，我们几乎推心置腹，无所不谈，完全不像在访问。林文月在念台大时，已经名闻遐迩，多年后，坊间仍然盛传当年的种种事迹，例如"台大校花""望月楼"等，尽管如此，当事人自己却从来没有把这些传闻挂在口边，想来也不会放在心上。趁此机会，我直接问她的感受。她很坦率地回答"说到'校花'，其实是个'笑话'"，她接着说："因为在那个保守的年代，校内并没有举行什么校花选举，所以人人都是校花。"林文月当年在台大中文系师承台静农先生，因为成绩优良，一毕业，就应聘留校当助教，1969年，获得国科会遴选，前往日本京都大学人文科学研究所游学一年，因缘际会，遂开始了《源氏物语》的翻译，从此踏上不归路，多年来继续完成了《枕草子》《和泉式部日记》《伊势物语》《十三夜》等经典名著的中译，在中日文化交流中，做出了举足轻重的巨大贡献。这个过程，大家都耳熟能详，然而很多人未必知道，除了师长的提携、众人的爱宠、命运的眷顾之外，林文月毕生的成就，最要紧还是靠自己不眠不休的坚持和努力换取的。"我的所得，每一步都是我自己走出来的。"她斩钉截铁地说，声调温柔而语气坚定，一双秀目凝望着远方——在那个晴朗明媚的秋日午后。

的确，常感到世间总有一些看法，认为外表仪容出众的女性，通常内涵不足，做人做事往往不够专精，这种偏见，在学术界尤其明显。我们都是过来人，个中滋味，一言难尽。他们哪里想到，这世上各行各门的事业女性之中，确实还存在一个物种，叫作"披着蝶衣的蜜蜂"！那天我问她，以一个跻身学术界的女性来说，"才貌双全"这种说法，到底是一种"助力"，还是一种"阻力"？她答得率真，"为什么假定一个女的好看就一定没才呢？"她继续说："我个性之中，有一份好强，要证明给自己看，也给别人看，我不是徒有外表而已。"因此，她做什么，都比别人加倍勤奋，加倍用功，加倍付出，加倍投入！为的是她喜欢"很努力地过一辈子，很充实地经历各种阶段，然后很优雅地老去"，观乎她成绩辉煌、硕果累累的一生，她当年的祈望，如今确已一一如愿实现了。

由于我们天生爱美，兴趣相投，所以，在多年公务交往的余暇，也经历了许多只有女性挚友之间才能体会得到的欢乐时光。林文月每次来港，我们都会相约忙中抽暇去逛街。很多回，她一下飞机，把行李往车上一放，由我另一半看着，就直接跟我上店铺去血拼了。最记得有次去铜锣湾批发店买法国丝巾，那批丝巾特别美，每一条色彩都是渐进式的，搭配得柔和适宜，例如粉红衬浅灰、姹紫配翠碧，林林总总，看得人眼花缭乱，我们挑了一阵，越看越爱，结果把店铺里所有颜色的丝巾都囊括了，各买了几十条，林文月那次来访的演讲酬金，给她一下子全花光了。后来她说，那条浅米、橘黄、浓绿渐进式、美如斑斓秋色的丝巾，送给了连战夫人（她的表弟媳）连方瑀，对方很喜欢；而我呢，至今仍然天天巾不离身，人家老是说，"你怎么穿什么都有一条丝巾可相衬"，每次听到这样的评语，总会想起远在彼岸的林文月。又有一次，我们走进时装店，分头去找合适的衣物，林文月购物一向慷慨爽朗，从来不会小眉小眼、斤斤计较的，不一会，我们已经各自找到了心头好，开开心心地付了账，走出了铺子。上一分钟还在挑选当时最流行的豹纹衫，下一分钟，我们就在谈论翻译中该怎么掌握原文风格，何时该一词一译，何时该一词多译的问题了。除了相约逛街，我们也经常互赠礼物。林文月在一封信中说："你送我的 Scarf，真是好看。薄如蝉翼，所谓的'霓裳'，就是这样的吧。今天碰巧是我农历生日……今晚我赴宴，就要披上这条美丽的霓裳。"（2004年8月31日）而我在柜子里珍藏的，除了她送的紫绿丝巾、纯银首饰、精美胸针，还有一串红绿相间的项链，这可是由林文月那双翻译出数百万字经典名著、撰写过数十本精彩散文集，最最勤勉的双手，一珠一珠亲自穿成的啊！

身为学术界的女性，要内外皆美，事业与家庭兼顾，的确不易。她是个温柔体贴、心细如发的人，看她的文章，字里行间，处处透显出深深的情、真挚的心。写到晚年锯除双腿、卧床四年的父亲，尽管她几乎风雨无阻昼夜探望，然而望着在病床上昏睡无语的老人，她黯然写道："怎么办呢？而父亲总是沉沉地睡，没有春夏秋冬、没有悲欢哀乐。我轻轻抚摸那一头白发，不免自问，当时我们为他所做的抉择是对的吗？"（《父亲》）说到母亲病后需人照顾，却拒绝护士为她沐浴，于是由女儿代劳，林文月这样写，"我的手指不自觉地带着一种母性的慈祥和温柔，爱怜地为母亲洗澡。我相信当我幼小的时候，母亲一定也是这样慈祥温柔地替我沐过浴的"。沐完浴，她更替母亲梳头："我轻轻柔柔地替她梳理头发……不要惊动她，不要惊动她，好让她就这样坐着，舒舒服服地打一个盹儿吧。"（《给母亲梳头发》）谈到成长后从远处归来的儿子，临别前夜与母亲对酌，林文月说："我们饮酒、吃消夜，谈文学和音乐，仿佛又回到往昔。我们一直都是很谈得来的知己……人际关系很微妙，即使亲如父母子女，一生之中，能有几回这般澄净如水地单独相处呢？"（《饮酒及与饮酒有关的记忆》）提起她最爱惜的女儿思敏，这个幼年时曾经用小手，替母亲为学生批改的作文本上画满大大小小红圈圈的小女孩，长大后成为修读耶鲁建筑系的出色设计师，她设计的饰物，每件作品都独一无二，充满了"流动的安静之美"，林文月在思敏作品展的专访中说"就像白居易的诗，大家觉得老妪能解，一定是太简单了，其实他是经过一再的修改和淬炼，才能变成浓缩精练的文字"，这里说的既是白乐天的特色，也是女儿思敏的创作和自己散文的经营。林文月一向低调谦逊，那次她却忍不住把联合报上的报道寄来："今天忽想将联合报的专访彩色影印寄给你，分享我做为母亲的喜悦。"接着她又声明"这访问以她为主，我是配角"（2006年1月5日），一字一句，那份做母亲的自豪感，压也压不住地流溢出来。

对于先生郭豫伦，众人心目中能够有幸跟大才女缘定终身的幸运儿，林文月在文章里向来着墨不多，然而三言两语，却道出了伉俪之间的似海深情。"很多年以前，我遇到一双赤手空拳的手。那双手大概与我有前世的盟约，于是，再也没有任何一双手能够吸引我一顾。"这双手是家庭里"最重要的支柱"，使得家中其余的三双手"可以随心所欲去做想做的事"（《手的故事》）。就因为如此，林文月得以多年来尽情尽兴地投入学术、翻译和创作生涯，而绝无后顾之忧。对于夫君，林文月除了全心爱护，更有疼惜感念之意。2000年秋，林文月在来信中说："我们明天想去日本小游十天，舒解一下压力。退休的人还被种种'任务'压迫着，真不像话！其实，这次是郭豫伦提议的，我虽然还在赶写十一月在台北东吴大学的讲稿，但不好意思不答应。初夏回来后，不是忙着接待亲友，便是对计算机打稿。我的先生大半天都只看到我的背影。"（2000年9月24日）我不知道这是不是他俩携手共游的最后一次旅程。2000年12月,我为香港中大创办的"新纪元全球华文青年文学奖"颁奖典礼如期举行,散文组终审评判林文月如约前来,与我欢庆盛事,那时我们谁也没有料到她的先生不久会罹患危疾,更不到半年,于2001年6月25日即在加州撒手尘寰了!(《人物速写·J.》)先生走后,林文月的哀伤可想而知,然而她没有抢天呼地,痛不欲生,而是将无尽的思念默默埋在心底,继续读书、研究、翻译、写作。那年下半年,我们有缘在东京相遇,我与她竟然在没有预约的状态下,同时订了东京的Keio Plaza旅馆。记得那天早上,我们相约一起进早餐,事前心中忐忑,不知道到时该怎么安慰她,因为知道说什么都是苍白无力的。然而见到她,除了面容消瘦、神色黯淡,双眸中却依然透显着一丝坚强,她从手袋里拿出一个精致细巧的鼻烟壶,静静望着我说,"这里放着我先生的一撮骨灰"。后来,看到林文月的一篇文章,叙述她跟女儿于弗洛伦斯造访布契拉蒂(Buccellati)名店的经过,其中有一段提到她让热情好客的店员看看中国的精美艺术品,于是从皮包中取出一物,并淡定地说道:"这只鼻烟壶约莫是三百年前的,是我先生的收藏品之一。我封藏了他的一小撮骨灰,出远门总带着,仿佛就像和他一起旅行似的。"(《人物速写·A. L.》)突然间,东京旅舍中的一幕,又鲜明清晰地重现眼前了。原来,看似柔弱的林文月,其实是温婉而从容、优雅而坚韧的,正如杨绛,她们都是忙乱过后,在现场打扫一切的人!

林文月在2001年之后,继续出版了《生活可以如此美好》《回首》《人物速写》《蒙娜丽莎微笑的嘴角》《千载难逢竟逢》《文字的魅力》等散文集，也完成了《十三夜》的翻译。她之所以能在痛失爱侣、孤独寂寞的状态下，继续笔耕不辍、创作不断，完全是由于她坚毅不拔的个性、勤勉不休的态度，以及悲悯大爱的胸襟所致。先说她的勤奋。她做什么都一丝不苟，也有本事把任何工作，不管是做家务、教学生或写文章，都变成一种"享受"，宴客时等朋友上门，哪怕只有五分钟、十分钟，也会在书房里多译一行字。1999年，我替崇基学院邀请她来校出任"黄林秀莲访问学人"，她一口答应，事前我并不知道在短短两个星期的访问期间，她得出席七次大大小小的演讲，然而她不但毫无怨言，还把七次讲稿都在事前准备妥当，一个个字整整齐齐写在稿纸上。我认识的学者朋友之中，除了余光中，没有谁的字体是这么端正工稳的。问她为何不请主办单位录了音，讲完后让年轻人去转变为文字，她告诉我此事不可行，因为将来校对时满纸错别字加上"的的么么"，更加费劲！这以后，我发现她这番金玉良言，的确使人受用不尽！原来在某次活动中，中文系的研究生，竟然可以把"世说新语"转录为"细说心语"的！

  再谈她的慈悲为怀和奉献精神。有一次，带林文月到香港太平山上去观赏，望着山下密密麻麻的楼宇，她忽然感叹说："身上压着这么多房屋，土地好累啊！"于是，使我想起了她的一篇名作《苍蝇与我》，原本对着这可恶的小虫，她"准备展开一场轰轰烈烈的追捕厮杀"，谁知道，突然看到它停在桌面上搓动细细的足部，令她想起了小林一茶的俳句："莫要打哪，苍蝇在搓着牠的手，搓着牠的脚"，因此始终下不了手。这样一位面对天地间万物苍生皆抱着悲悯同情之心的淑女，一方面柔情似水，另一方面，却怀着犹胜须眉的豪情壮志和使命感，对于翻译及中外文化的交流，虽然明知艰辛，却依然毫不犹疑，迈步前行，"大家不做，我来做"，这就是林文月毕生奉行不逾的诺言与守则！

  文月曾经对我说："白色的背后，有七种颜色，我但愿我的一生是纯白的，但背后却仍然七彩缤纷。当我一生结束的时候，我至少尽了力，但也享受过。"如今，闪耀的明月回到天上去了。这世界，曾经因为文月的来临，变得更美好，更多姿多彩。名诗人布迈恪（Michael Bullock）形容她为"文字的月"，以"束束华光"，为世人"送下月华的诗"，如今她虽已返回天国，然而她的洋洋译品和巨著，正如她的蔼蔼容颜和奕奕神采，将会永远遗爱人间，泽被后世。

  此后，每当夜色苍茫时，想起故友，我将会举头望明月，也寄望明月来相照！

2023年6月7日

直到生命最后亦永不过气
——怀念齐邦媛教授

2024年3月28日，踏上旅途飞去台北，准备观赏青春版《牡丹亭》二十周年庆演的那天，还来不及看新闻，手机上忽然跳出一则邀约撰写怀念齐邦媛教授文章的讯息，当下心中一沉，难道这位我一向敬重并视为楷模的前辈，已经撒手尘寰、返回天国了吗？

在接着的几日，虽天天沉浸在《牡丹亭》精彩绝伦的表演中，然而心底某处，不断有些隐隐的触动，就如聆听华丽悠扬的乐章时，大提琴低沉凝重的旋律不时回响，使人不由得勾起了深深的怀念和追忆。

不记得怎么开始认识齐邦媛的了，不过，既然大家都是同行，各自在港台学术圈里努力，总有许多机会可以见面交流的。1994年，香港翻译学会颁发荣誉会士衔予齐邦媛及我，能够跟翻译界前辈同获殊荣，让我感到十分庆幸。那一回，林文月特地从台北来港出席典礼，并且为好友撰写赞词，一开始就表明"齐女士自幼热爱文学，也充满了爱国爱乡的使命感"。接着她又说，其后，齐邦媛在武汉大学蒙受朱光潜及吴宓等名师的指导，从而养成了极高的文学品味。1947年赴台，先后在各大学任教，1972年受聘为"国立"编译馆人文社会组主任，从此与翻译结下了不解之缘，毕生致力于推动中国现代文学（尤其是台湾文学）外译的工作，孜孜不倦，悉心经营，其锲而不舍的精神，令人感佩！

1995至1996年，我的三本散文集《桥畔闲眺》《打开一扇门》《一道清流》连续由月房子出版社在台北出版，为了郑重其事，出版社邀约我赴台会见媒体。那三本小书，可说是我涉足创作的发轫之作，没想到在会议当天，竟然看到齐邦媛教授在百忙之中莅临支持，有了她在场，气氛自然而然会变得融洽而轻松，她对文学的热情与执着，她做学问的干劲和魄力，永远只会带来鼓励，而不会造成压力。

1996年，我出任中文大学翻译系主任，任内主办了一次"外文中译研究与探讨"翻译学术会议，邀请了海内外数十位翻译名家及出版家与会，其中当然少不了林文月和齐邦媛。齐邦媛那次会议的论文题目是《由翻译的动机谈起》，从梁启超的百年呼唤开始，娓娓道出翻译人才培养的问题，字里行间，充满了热诚和期盼。文章一起首，就点出翻译者与创作者的分别，她以过来人的身份，恳挚地说："成功的翻译应是一种高难度的艺术……在两种语言之间浅滩涉水，深处搭桥的过程自然有它的魅力，但是文字魅力之外，经常有更强大的动机，对有些人来说，是一种必备的热情。"的确，唯有凭借这种"只有付出，不求回报"的动机，才能促使学人致力于类似"愚公移山"的翻译行业。论文中使人印象深刻的还有齐邦媛论及自己的比喻，她说，"我为何进入这苦乐参半的世界？尤其近四年来我竟如长江浅滩上的纤夫似地背上了一个英文杂志 *The Chinese PEN* 的纤绳"，原因是她眼见在国际文坛上，华文现代文学几乎"喑哑无声"而心有不甘，因为"失望、羞惭、不服气"而决定要争一口气，她说自己的心情，"好似在灰蒙蒙的荒地上一团炽热的火"，然而正是这团火，使她在任何文学活动、文化交流的场合，都能发光发亮，燃烧起与会众人的热情与活力。

真正跟齐邦媛教授稔熟，还是接近90年代末的时候。1998年开始，我为中文大学创办了"新纪元全球华文青年文学奖"，这项以全球大专院校在校生为对象的文学奖，在规模和性质上，都是前所未有的创举，因此当下决定，文学奖三组（小说、散文、文学翻译）的终审评判，必须邀请文坛译坛上最负盛名的翘楚来出任，以最鼎盛的阵容，来吸引年轻学子的参与。

邀请函送过去，齐邦媛回信说，当时已经从前线岗位退休，曾经也有大大小小的文学奖活动，曾设法邀她担任评判，她都一一婉辞了，此外，她也如林文月般询问"为何青年文学奖邀请的评判，都是上了年纪的？"于是，唯有跟两位前辈解释，青年文学奖的设置，恰好是想让年轻的文学爱好者，在人生启端，能有幸亲炙大师巨匠的教诲，从而使文坛不老，后继有人，这番老与少的合作，心连心，手牵手，相携共游于文学的长河上，意义是极其深远的。因为这番话，打动了急公好义的长江纤夫，她也就二话不说，欣然答允了。

出任终审评判，其实责任是相当繁重的，不但要改卷子，写评语，还要先隔空开评审会议，再亲自莅临中大，一连三天参加讲座、颁奖、晚宴等活动。在小说组评审的过程中，另外两位名家王蒙和白先勇，就小说内容的铺陈和场景的设置，各有所好，白先勇往往认为有关农村生活的叙述新鲜有趣，王蒙则以为城市风情的描绘相当生动，这时候，阅历甚广、公正侠义的齐邦媛就起了协调和缓冲的作用了。那一届的小说组夺魁之争相持不下，结果颁给了来自中国内蒙古和马来西亚的双冠军。

在第一届文学奖作品集《春来第一燕》中，齐邦媛教授于题词中谈到了纯文学创作正面临最大的挑战，然而她对于文学的意义与价值，仍然充满希望和期许："文学的盛世会不会再来？读古今中外文学史可以看到，在所有太平或动乱的时代里，都有一些有真才情的作家，用心灵观照，写下能反映时代，又能超越时空的不朽作品。"这段话写于2000年，当时她76岁，如今回看，数年后她用毕生功力、全副心血，以四年余时间创作出气势磅礴、波澜壮阔的时代巨构《巨流河》，其实在内心深处，这部"一出手，山河震动"的杰作，早就胸有成竹、酝酿已久了。

在文学奖颁奖活动期间，我和林文月与齐邦媛于公务之余，也不乏结伴同行三人游的机会。林文月和齐邦媛，可说是台湾最负盛誉的两位女性学者，她们曾经是台湾大学的同事，一在中文系，一在英文系；在教学写作之余，两人都孜孜不倦于翻译工作,一外译中,一中译外;她们兴趣相投,性情相反,一内敛含蓄,一外向奔放。两人惺惺相惜,互相照料,在一起的时候,风趣幽默的齐邦媛负责制造气氛,将欢乐带给大家;体贴入微的林文月则打理细节,照顾同伴的起居饮食,悉心提点对方是否带备护照证件等出门必需的物品。在早年台湾学术界外访活动中,不知多少次她们曾经是仅有的女性成员,依照当年的惯例,外出交流时,必须仪容端庄、服饰典雅,穿上的不是旗袍就是套装,她俩经常踩着高跟鞋,从没有扶手的大理石台阶拾级下行,彼此手牵着手互相扶持,脚下步步为营,以防失足摔倒。这两位淑女,在为学做人方面,认真执着,一丝不苟,里里外外都把自己打理得恰如其分,齐邦媛常说,"做人得有个样子",到了百龄晚年,拍照时还得注意先抹上口红,因此,她们同为内外皆及、表里兼顾的典范,也是不折不扣"披着蝶衣的蜜蜂"!

跟她们两位相处,什么都可聊,什么都可做,无拘无束,亲切而自在。还记得有一次,我们仨相约去逛街,我带两位远客去铜锣湾购物。在恒隆中心的批发店里,爱美的林文月和我挑选得不亦乐乎,大有收获,同样爱美的齐邦媛比我们稍有节制,她选了一条海蓝色的丝巾,配上她一头闪亮的银发,一脸慈蔼的容颜,特别相衬。这以后,每当念及齐教授,总会联想起大海的湛蓝、长天的晴空,的确,她那种海纳百川的胸襟,豪情万丈的气度,已达至海阔天空的境界了。

印象中,齐邦媛是豁达开朗,不拘小节的。要招呼她,不需要刻意经营。逛完街,我们坐在中华游乐会的咖啡厅里,闲适自如，可以歇脚，可以聊天，就十分满足了。叫了一堆小食，记得齐邦媛点的是一碗地道广式牛腩河粉，她一面吃，一面赞赏："这河粉真棒！一到嘴，就滑下喉咙了！"说时满脸笑容，还加上一句："我很快乐！"她的乐天情绪，就如春日的阳光，瞬息间照亮了室内每一个角落。

除了热情爽朗，齐邦媛还是一个特别幽默诙谐的人物，有她在，就笑声不断。不记得是哪次应邀来港了，她特地提前几天抵达，以便抽出时间去广州会晤多年不见的老朋友。这一趟出门，可教她大开眼界。不知道是她的朋友身处乡郊，还是替她订的旅馆设备落后，总之，她下榻的那晚，万物欠奉，要啥没啥。她告诉我们，旅舍中只提供一条毛巾，令她梳洗时不得不随机应变，"我呀！想出个办法，把毛巾拉长，从中一捏，一头用来洗脸，一头用来洗脚，总算对付过去了！"她一面说，一面演，绘影绘声，活泼生动，令端庄优雅的林文月当下笑得嘻哈绝倒，也使我如今回想起来，依然忍俊不住。

齐邦媛的幽默，是具有感染力的。她在第一届"全球华文青年文学奖"的颁奖典礼上致词时说的开场白，就是明证："我很高兴我最后一个人讲话。我这个姓笔画最多，所以说话的场合都排到最后。我通常见机行事，别人没说的，我就说几句，然后别人说得好，我就跟他几句，再加上一点我个人的见解，所以常常蛮受欢迎的啊！其实真正的说实在话，最受欢迎的原因就是我讲了之后就没有人讲了，大家很高兴地说'不用再听了'。"这时候，台下一片笑声，然后，她话题一转，带出了严肃的讯息："从来不相信文学作品与年龄有任何关系……作品能不能存在才是最大的问题。所以做我们文人的有一个好处，就是到生命的最后，你还永远是不过气的文人。但是如果你不创作，你的imagination、思考、嗜好都会过气。"这就是齐邦媛一生笃信的原则，坚持创作，不断进步，直至生命的最后仍不言倦，立意做个永不过气的文人。

她那顽强的斗志，坚毅不屈的进取心，在以下一则逸事中，可见一斑。2004年，由于我数年前在东京银座买过一支漂亮实用的手杖给妈妈，使原先因爱美而不肯挂杖的她，从此杖不离手，所以趁再次游日之便，买了一根紫底绿花的手杖送给齐邦媛。礼物寄出，不久就收到了回函，一张美丽的卡片，放在小信封再套在大信封里。她在信中说："你怎么会有这么可爱的观念送这么可爱的礼物给一个不知老之已至的朋友？当她拄着这千里迢迢买来，送到手的手杖，在街上走着时，这仍能生存的灵魂不是在依靠求援而是在炫耀生命之美好！"（2004年9月2日）这一年，齐邦媛已届八旬高龄，就在这时候，她下定决心，颠覆了老人颐养天年、含饴弄孙即为幸福的传统观念，毅然决然独自搬去了长庚养生村，因为她要用生命书写"凝聚集体感情的民族之书"，余生不可随意虚度，既然上天眷顾，让她得享遐龄，这仍能生存的灵魂，不会求援，只会炫耀生命的美好与灿烂！

2009年，《巨流河》横空出世，感动了千千万万的读者，五年后，齐教授在九旬高龄，又把历年来收集所得的无数回响编辑成集，出版了《洄澜》一书，她在扉页上写道："在这里，我们围绕着巨流河，如千川注入江河，共同写下一个时代的记忆，我盼望永远留住这共鸣声音的宏壮，深情洄澜冲激之美，感谢书里书外有缘相逢！"

正如陈芳明教授在《巨河回流》一文中所说，《巨流河》是"难得一见的时间之书"，而在"记忆的长河里，每一个文字都是一颗沉重的卵石，在激流中翻滚，为的是创造更宽更广的流域"。他更引用了齐教授在《一生中的一天》自序中的第一句话："对于我最有吸引力的是时间和文字。时间深邃难测，用有限的文字去描绘时间真貌，简直是悲壮之举。"

然而，齐邦媛教授做到了，观其一生，她不断用澎湃磅礴的文字，去描绘深邃莫测的时间；以有限无常的岁月，去创造浩瀚无垠的天地，她热爱生命，拥抱生命，即使到了最后的尽头，亦永不过气！

2024年4月13日

光启随笔书目

（按出版时间排序）

《学术的重和轻》　　　　　　　　李剑鸣 著
《社会的恶与善》　　　　　　　　彭小瑜 著
《一只革命的手》　　　　　　　　孙周兴 著
《徜徉在史学与文学之间》　　　　张广智 著
《藤影荷声好读书》　　　　　　　彭　刚 著
《生命是一种充满强度的运动》　　汪民安 著
《凌波微语》　　　　　　　　　　陈建华 著
《希腊与罗马——过去与现在》　　晏绍祥 著
《面目可憎——赵世瑜学术评论选》赵世瑜 著
《中国的近代：大国的历史转身》　罗志田 著
《随缘求索录》　　　　　　　　　张绪山 著
《诗性之笔与理性之文》　　　　　詹　丹 著
《文学的异与同》　　　　　　　　张　治 著
《难问西东集》　　　　　　　　　徐国琦 著
《西神的黄昏》　　　　　　　　　江晓原 著
《思随心动》　　　　　　　　　　严耀中 著
《浮生·建筑》　　　　　　　　　阮　昕 著

《观念的视界》	李宏图 著
《有思想的历史》	王立新 著
《沙发考古随笔》	陈　淳 著
《抵达晚清》	夏晓虹 著
《文思与品鉴：外国文学笔札》	虞建华 著
《立雪散记》	虞云国 著
《留下集》	韩水法 著
《踏墟寻城》	许　宏 著
《从东南到西南——人文区位学随笔》	王铭铭 著
《考古寻路》	霍　巍 著
《玄思窗外风景》	丁　帆 著
《法海拾贝》	季卫东 著
《走出天下秩序：近代中国变革的思想视角》	萧功秦 著
《游走在边际》	孙　歌 著
《古代世界的迷踪》	黄　洋 著
《稽古与随时》	瞿林东 著
《历史的延续与变迁》	向　荣 著
《将军不敢骑白马》	卜　键 著
《依稀前尘事》	陈思和 著
《秋津岛闲话》	李长声 著
《大师的传统》	王　路 著
《书山行旅》	罗卫东 著

《本行内外——李伯重学术随笔》　　　　李伯重 著

《学而衡之》　　　　　　　　　　　　　孙　江 著

《五个世纪的维度》　　　　　　　　　　俞金尧 著

《多重面孔的克尔凯郭尔》　　　　　　　王　齐 著

《信笔涂鸦》　　　　　　　　　　　　　郭小凌 著

《摸索仁道》　　　　　　　　　　　　　张祥龙 著

《文明的歧路：19—20世纪的知识分化
　及其政治、文化场域》　　　　　　　梁　展 著

《追寻希望》　　　　　　　　　　　　　邓小南 著

《译路探幽》　　　　　　　　　　　　　许　钧 著

《问道东西——纽约聊斋随笔》　　　　　洪朝辉 著

《问学于中西之间》　　　　　　　　　　张西平 著

《缘督室札记》　　　　　　　　　　　　方广锠 著

《人来人往》　　　　　　　　　　　　　金圣华 著